相田家のグッドバイ

Running in the Blood　MORI Hiroshi

森博嗣

幻冬舎

相田家のグッドバイ

Running in the Blood

森 博嗣
MORI Hiroshi
2011. 9

相田家のグッドバイ

*

目次

ブックデザイン　鈴木成一デザイン室

相田家のグッドバイ

Running in the Blood

あまり、たくさんのことは考えられなかった。冬の道を帰りながら、悦ちゃんを生んですぐになくなったお母さんのことなどが浮かんだ。あられがいきなりぱらぱらと横なぐりにふきつけてきた。家につくころには、それもやんでしまった。悦ちゃんのおみくじの字は、長いこと私の頭をはなれなかった。

（銀の船と青い海／萩尾望都）

——『銀の船と青い海』萩尾望都、河出書房新社　各章冒頭の引用は、すべて同書による。

Chapter 1 the Aidas around

「どうもありがとう」と、きれいな少女はいった。「わたしはうるわしの星の姫君です。三日月に糸をはって、いつも歌を歌っていたの。でも、足をすべらせて小人の島に落ちてしまって、ずっととらえられていたのです。やっと空へ帰れます」姫君がにっこり笑うと髪が七色にゆれて光った。

1

　彼にとって、相田《あいだ》家というのは彼の両親と妹の四人のことだったし、また、その四人が暮らしていた家のことでもあった。場所というものは、意外に重要な要素だ。場所がなくては、なにものも存在しえない。つい、対象の人なり物体なりだけに注目しがちだけれど、実は無意識のうちに周囲の影響を受けた印象を抱く。また同様に、個人を認識するときにも、その人が生きてきたバックグラウンドを雰囲気として同時に捉えている。つまり、人は、その人になるまでの時間や場所から切り離しては成り立たないものなのだ。

　それでも、彼にしてみれば、相田家は突然現れたも同然である。そこで生まれて、そこで育ったのだから、彼の意識には相田家の過去というものは体験としてない。さらに、相田家は過去のない家といっても良かった。

　父方の祖父母は、父が十代のときにいずれも亡くなっていたし、戦火で写真さえ一枚も残っていなかったから、その存在を彼は感じることができなかった。母方の祖母も四十代で他界している。唯一、母の父だけが、彼が小学校低学年のときまで生きていた。ただ、ずっと遠くに住んでいたため滅多に会うことはなかった。少なくとも彼には、祖父と長く話をした記憶がない。ときどき電話口に出させられて、知らない人と話をすることがあった。それから、比較的高額なお年玉が郵送で届いて、それでプラモデルを買ったことが二度ほどある。彼が体験した初めての葬式が、その祖父のものだったが、あまりよくは覚えていない。葬式というものは、子供には退屈で興味のない対象だったからだろう。

そういった理由で、彼には、両親よりまえに存在していたはずの血筋の上流を経験的に捉えることがなかった。したがって、家族というものは、一戸建ての家と同じように、あるときにぽっと現れ、一定の期間だけ存在するもので、まるでマッチを擦って灯る炎のようなイメージしかない。ようするに、先祖という言葉を、人類の源という考古学的な意味でしか、彼は認識していないのである。

彼の両親は、かけおちをして田舎から都会へ出てきた。彼が小さい頃には、郊外の住宅地の借家に住んでいた。父は既に両親もなく家を出ることになんの抵抗もなかったはずだ。だから、かけおちというのは、母方の実家から飛び出してきた、という意味である。当時まだ生きていた祖父は、建設業を営んでいたため、大学の建築学科を卒業したエリートを娘の婿として迎えた。ところが、数カ月で祖父と折り合いが悪くなったのか、二人は逃げ出してしまった、ということらしい。これは、一般的にいうところの「かけおち」とは、少々意味が異なるだろう。しかし、実際に彼の母がかけおちだと話していたのである。本人にしてみれば、そのくらいの思いだったということだろう。

そういった経緯もあってか、彼がまだ小さかった頃は親戚づき合いがほとんどなかった。ほんのときどき、一年に一度程度、叔母や叔父が訪ねてくることがあったものの、一時間くらいお茶を飲んで話をしていくだけだった。たとえば、一緒に食事をするようなこともなかった。近所の人たちと同程度の関係といえる。親族が普通にするような深いつき合いというものがない。正月や盆に一族が集まることもなかった。相田家だけが不参加だったのか、そもそもそういう集まりがなかったのか、はわからない。

彼の父は、宗教を毛嫌いしていて、墓参りも一切しない。法事というものもなかった。だから、先祖の墓がどこにあるのかも彼は知らない。もしかしたら、母の実家ではなにかイベントがあったのかもしれないし、そこへ母だけ出かけていくようなことがあったかもしれない。しかし、少なくとも彼は、そういった場を経験したことが一度もなかった。

こんな具合だから、血筋、家系という概念さえ、子供のときの彼にはなかった。父や母がそれぞれの実家から独立していることが、ごく自然で普通のことだと認識していたから、自分も成人すれば、当然家を出て、自分の力で生きていかねばならない、と考えていた。現に、父は何度かそれを息子に言い聞かせた。大人になったら、自分一人の力で生きていくしかない、誰も助けてはくれない、自分で考え、自分で判断し、すべてを自分でできるようになりなさい、と。

祖父が死んだあと、親戚にも老人はいなかったし、もちろん相田家には老人がいたことがない。だから彼は、老いて弱った人間を間近に見たことがなかった。友達の家で、寝たままの老人がいるところがあったけれど、それは病気の人と同じものにしか見えなかった。どうして病院へ行かないのだろう、お金がなくて入院費が払えないから、ああして家に寝かせているのだろうか、と考えるしかなかった。

人間というものが老いてやがて死んでいく、ということはもちろん知っていたはずだ。ただ、その老いという状態や、その後の死が、どのようにして訪れるのかという点に関しては、ある種の事故のように、運悪く死に神に取り憑《つ》かれてしまった、としかイメージできなかった。特に、死は突然やってくるものだと考えていた。死ぬ手前に、他者の世話にならなければならない時期が必然的にあることも、それが周囲に与える影響といったものも、想像すらしなかった。

ところで、相田というのはもちろん彼の父の一族の姓だが、父は三男だったので彼の家は本家ではない。両親が早くに亡くなっていたし、戦争で町全体が焼け野原になったこともあって、父には実家というものがそもそもなかった。兄妹は地理的にも遠く離れていたから、一族とか親族という概念が、もしかしたら父自身にも希薄だったかもしれない。

父の父は軍人だった。召集された兵隊ではなく、職業軍人というものらしい。もともとは家具屋の家系だった。妾《めかけ》がいて、子供の頃の父は、その妾の家へよく遊びにいったという。父の兄妹は七人で、上から三人が男、下の四人が女である。長男が成人するかしないかという時期に両親が相次いで死に、七人の子供だけで生活しなければならなくなったが、それぞれが教育を受け、大学にも上がっている。つまり、それだけの財産が遺《のこ》っていたということになる。だが、働いて稼ぐ者がいなかったので、すぐにそれも尽き、住んでいた家も手放さなければならなくなった。兄妹はそれぞれ結婚したり就職したりして遠方へ散り、その後は疎遠になった。戻る家がないのだから、必然的にそうならざるをえなかったのだろう。

比較的近くで暮らしていたのは、父の二人の妹だけで、その叔母たちが、彼の家を訪ねてくることがたまにあった。だから彼にとっての親戚とは、ほとんどその二つの家族に限られていた。父と一緒に、こちらから遊びにいったことも数回あった。少し上になるが、同じ年代の従兄弟《いとこ》がいたので、一緒に遊んだこともある。例外的な経験といえる。ただ、それが親戚だという意識は、彼にはない。仲の良い近所の人々と同じレベルでしかなかった。

一方、母の姉弟は五人で、母以外は実家のある田舎に住んでいる。それぞれが、母の父が起こした商売を継いでいた。かけおちした手前もあってか、彼が幼かった時期には、滅多に母方の親戚と顔を合わせることはなかったように思う。それでも、時とともに確執も解けたということだろう、しだいに縒《よ》りが戻ってきた。

彼には妹しかいない。だから相田家は四人家族である。だが、彼は長男ではない。彼の兄は、彼が生まれるまえに死んでいる。一歳にもならない赤子だった。夜に熱を出し、そのまま死んでしまったらしい。彼の母は、この話を詳しくしたことはない。彼が大人になってから叔母たちから少しずつ聞いた話も曖昧《あいまい》だった。かけおちしてすぐの時期だったことになる。母や父が一人めの息子を失ったことは、その後の彼らの人生にどんな影響を与えただろう。

彼の両親は、とにかく心配性だった。少し具合が悪くなった程度でも彼はすぐに医者に連れていかれた。食べものにも煩《うるさ》く、栄養を摂《と》るように、好き嫌いはいけない、とよく注意された。これも、今になってみれば、死んだ兄の影響が両親に表れたものだったかもしれない。

家には小さな神棚があった。盆のときに父がそのまえでお経を読んだことが二、三度あった。

神棚に向かってお経というのも不思議なやり方である。また、彼が成人したのちの話だが、母は五十万円もする仏壇を購入し、改築後の一番上等で新しい座敷の床の間の横にそれを置いた。鬱《うっ》陶《とう》しいほどの存在感というものが、仏壇の主たる機能だ。もしかして、それ以外の働きはないかもしれない。宗教嫌いの父がお経を読んだりしたのも、また母が仏壇に縋《すが》ろうとしたのも、おそらくはすべて死んだ彼の兄のためだったのだろう。それ以外のことに関しては、どう見ても信心深いとはいえない人たちなので、ずっと違和感を彼は抱いていた。兄の死によるものとしか考えられないのである。

兄が生きていれば、彼の二歳上になる。したがって、幼い子供を亡くしたあと、すぐにできた男子が彼ということになる。両親の期待というか、再挑戦の子育てになったわけだから、今度こそは死なせないように注意深く事に当たろう、と考えるのは当然だっただろう。

自分の親が心配性だということに気づいたのは、かなり成長してからであるが、なにごとも過去を振り返ってみたときに初めて、ああなるほどと納得できるものであり、その時点では当事者にとって、そんな優れた客観はとうてい不可能である。まして、子供である。自分の親しか大人というものを知らない。親が入れ替わるような境遇にいなければ比較対象もない。親というものは子供を過剰に心配するものだ、これが普通なのだ、とよほどのことがないかぎり思い込んでしまう。さらに、両親以外に大人がいない核家族なのだから、なにごとに対しても大人というものはそういうものだ、と考えるようになる。

彼は、二十四歳で結婚をしたので、成人して大学と大学院で学んだ直後といっても良い。大人は社会に沢山いるけれど、成人まえに彼が接することができたのは、先生と呼ばれる人、あるいはせいぜいお店で応対してくれる人たちくらいだった。それらは、すべて子供を相手にした大人の姿だった。結婚と同時に就職し、それ以来両親とも遠く離れて暮らしている。大人の人間との深い関わり合いは、つまり結婚相手の女性が初めてだったし、その後は職場において大勢の大人たちを日常的に観察できるようにもなった。

そうなれば自然に、人間の平均的な姿というものが見えてくる。そして、それとの比較によって初めて明らかになったことだが、彼の両親は普通ではなかった。平均的なところから少なからず偏心している、ということがわかったのである。

それでも、自分の両親のことである、彼は、それが本来のものなのだ、けっして特別ではない、と最初は弁護した。保守的というわけではないけれど、自分の位置ができれば人類のばらつきの中心近くにあるように認識したい、という本能が人間にはあるように思える。きっと、集団行動をする動物に備わっている感覚なのだろう。

若い頃には、それが夫婦喧嘩《げんか》の主テーマになるほどだった。すなわち、価値観の相違というのか、「普通こういうものだ」という基準が人によって大きく違っていることが、お互いの理解の妨げになることが多い。また、そういった喧嘩をしなければ、本当の個人の価値観というものはなかなか顕在化しない。職場でつき合っているレベルの人間たちとは、この主の喧嘩をそもそもしない。そのずっと手前でお互いが我慢をしてしまうからだ。夫婦は、やはり我慢ができないほど、お互いを自分の領域の中に置こうと欲しているし、是非とも自分の価値観を理解してもらいたいという強い願望が働くから、ちょっとしたギャップにもつい苛立《いらだ》って喧嘩にもなる。けれども、そういった小さな争いの末に、ようやく彼は、自分の両親が変わり者だということを認めざるをえなくなったのである。

その理解が彼の中で完全なものとなったのは、もう四十代になった頃のことだっただろうか。夫婦喧嘩をそこまで重ねる必要があったのか、あるいは、彼の子供たちの成長の過程において、親としての自分や妻を観察し、それと自分の両親を比較することが可能になったためなのか、たぶん、そのいずれもが必要だったように思える。彼は、わりと固定観念や常識に囚《とら》われない自由な考え方をする人間になっていたが、そんな彼でも、自分の親のイメージを客観的に評価し直し、子供のときのそれを完全に改めるには時間がかかった、としかいいようがない。それほど、子供時代に刷り込まれた価値観は人間に深く刻まれるものだ。おそらく、多かれ少なかれ、多くの人がその価値観を死ぬまで引きずっていくだろう。歳を取るほど頑《かたく》なになるから、長く生きていれば改まるというものではない。

さらに、彼は四十七歳で母を、五十歳で父を失うことになったが、両親がこの世を去ったことで、ようやく完全に、そして冷静に親というものを見つめることができるようになった。そう彼自身が感じるのである。

この物語は、彼が両親を失う過程を綴《つづ》ったものである。

といっても、悲しみに満ちた時間が彼にあったのではない。それは淡々とした短いプロセスだったし、その中にあっても、彼は自分の生活や考え方がさほど攪乱《かくらん》されるように感じることもなかった。

むしろ逆だった。

不謹慎といわれるかもしれないが、彼は、両親の死によって、ようやく自然な状態になった。自然な状態に戻った、といっても良い。それは、相田家との別離によっても、多少は現れていた傾向だったけれど、相田家の消滅によって、より完全なものとなった、という意味である。

自然な状態、それは別の言葉でいえば自由だ。もっと簡単な表現でいえば、すっきりした。こんな物言いは、きっと誰かの怒りを買うだろう、と彼には重々わかっている。しかし、それが本当のところなのだ。

けっして、両親によって彼はなにかを制限されたり、なにかに縛られていたわけではない。嫌な思いをしたり、苦労をしたわけでもない。たとえば、背負わされた借金があったのでもなく、犯罪や事故といったものもなく、彼の両親はともに、静かに病死した。それだけでも、このうえなく素晴らしい最期《さいご》だったといっても良いだろう。

両親はまちがいなく彼を愛していたし、親子相互に人間としても尊重し合える関係だった。面倒なことを頼まれるようなこともなく、もちろん頼んだこともなく、また、彼が決めたことに反対されるような事態も一度もなかった。親と大きな喧嘩をしたことさえない。かといって、友人のように仲の良い親子というわけでもなかった。両親はいずれも、そういう親しい親子関係を嫌っていたようだ、と今になって彼は思う。

そんな悪くない関係だったのに、死別が悲しみよりも、解放を彼にもたらしたことは、彼自身にとっても、ある意味では予想外だった。ただ、なんとなく彼はこれを予感していた。

親というもの、家族というもののイメージを、彼はすっかり構築し直すはめになったけれど、しかし、それはいずれはしなければならない課題だっただろう。その最後の仕上げが、両親の死と時期的に一致したといえば、そのとおりだったかもしれない。

では、その過程をここに綴ろう。

彼の名前は相田紀彦《のりひこ》。父は秋雄《あきお》、母は紗江子《さえこ》という。区別をするために、姓ではなく名前で記すことにする。

2

紗江子の母は、四十代で癌《がん》で死んでいる。そのことを、彼女は幾度も息子の紀彦に語った。そして、若い時分から機会があれば癌の検診に通っていた。最初の子供を亡くしたこともあって、彼女はとにかく病気というものを恐れているように見えた。必要以上に病院に通う傾向があった。もう二度と失敗のないように、自分だけではなく、子供たちも少し具合が悪いとなれば医者に連れていった。

秋雄の方も、この点についてはほとんど同じだった。ほかのいかなる点においても、秋雄と紗江子は性格が異なっていたのに、子供の病気を心配し、医者や薬に頼るという点では二人は共通していた。大袈裟《おおげさ》な表現をすれば、それは「病的」といっても良いレベルだったかもしれない。もちろん、幼い頃の紀彦はそれが普通だと受け止めていたので、行き過ぎだとわかったのは両親から離れて生活するようになってからのことだ。

実際、紀彦はどちらかといえば躰《からだ》の弱い子供だった。頻繁《ひんぱん》に体調が悪くなり、原因不明の腹痛、頭痛といったものに日常的に悩まされていた。そうなるとたちまち医者へ連れていかれる。医者は、ただ聴診器を胸や腹に当てるばかりで、それ以上の処置をしないことが多かった。注射も滅多にされなかった。喉《のど》が痛くなることも多かったので、紀彦は普段でもよく咳《せき》をしたが、すぐに両親のどちらかに「変な咳をしている。医者へ行かなくては」と言われてしまうので、物心がついた頃には、咳をできるだけ我慢し、したいときには両親から離れた場所でするようになっていた。

腹痛や頭痛そして喉の痛みは、紀彦にとっては仮病ではなく本当の不快、まぎれもない苦痛である。しかし、医者に診てもらったところで治るようなことは一度としてなかった。薬をもらって家に帰り、苦みを我慢して飲んだが、その苦み以外の影響は何一つなかった。むしろ、病院までの行き帰りで疲れ果て、薬を飲んで余計に体調が悪くなるように感じられた。

ずっとのちになってから、あれは精神的なストレスが躰に現れたものだったのではないか、そして医者はそれを見抜いていたのではないか、と紀彦は思い至った。大人になって、両親から離れた頃には、腹痛や頭痛はかなり軽減されていたのは事実であった。だが、本当のところはわからない。

紗江子は、このように常に健康に気をつけていたこともあって、五十歳までは大した病気もしなかった。自分の母親が死んだ年齢を過ぎたときには、本当にほっとした、と紀彦に語ったことがある。

一方の秋雄の方は、健康に気を遣うような人間ではもともとない。若いときには仕事も忙しかったが、徹夜で麻雀を連日するようなことも多く、酒こそそれほど大量には飲まなかったものの、煙草《たばこ》もコーヒーも大好物で、紗江子からは強い言葉で窘《たしな》められていた。息子に対してなにかと細かい注意をするわりには、秋雄はやりたい放題だった。紀彦の目には父はそう見えた。男というものは、それくらい大胆で大雑把《おおざっぱ》でなくてはならない、というようなある種の見本だったといえる。しかし、本当の秋雄は、むしろ紗江子よりも多分に神経質で繊細だったのだが、息子の前では大らかに振る舞っていたようである。

紀彦が中学生のとき、秋雄は紗江子の前で突然倒れ、救急車で病院へ担ぎ込まれた。紀彦が学校から帰ってきたら、珍しく叔母が家にいて、紗江子も今は病院にいる、と教えてくれた。同じ町内の病院で遠くはない。歩いても行ける距離だった。病気は、どうやら心臓の関係らしいとのことだった。秋雄はこのとき四十代半ばである。

秋雄の妹の一人が心臓病で若いときから病院通いを続けていた。また、秋雄の両親が若くして死んだのも、二人ともではないにしても、いずれかはもしかしたら同じような病気だったかもしれない。この詳細については、紀彦は聞いたことがなかった。軍人だったので戦争で死んだものだと思っていたが、戦争が激化するずっと以前のことである。病気で死んだらしい、というぼんやりとした話がどこからともなく耳に入った。こういったことを父に直接尋ねることはしなかった。秋雄は口数が少なく、普段でも無駄なおしゃべりはしない。質問をしたら教えてくれただろうが、何故そんなことが知りたいのか、とき返されたときに、どう答えて良いかわからなかった。話をしにくい親子関係だったともいえる。

秋雄は、自分は五十歳までは生きられない、とよく息子に話していた。どういう理由からそういうことを言ったのかわからない。織田信長の話がその前後にあったこともある。自分の性格は信長に似ている、と秋雄が語ったことも何度かあった。秋雄は信長が好きだったようだ。たしかに、教科書に載っていた信長の面長な肖像画に秋雄は似ていなくもなかった。ただ、テレビの時代劇でいうならば、むしろ水戸黄門に似ている。歳を取ったときの秋雄の風貌はそんな感じだったし、四十代のときから、既に白髪頭《しらがあたま》だった。

そんなわけで、父が心臓病で倒れたと聞いても、紀彦は酷《ひど》くは動揺しなかった。父の言葉を真に受けていたわけではないものの、どこかで覚悟をしていたのである。

これは、父ばかりではない、母の紗江子からも、自分は寿命が短いから覚悟をしておきなさい、という話をまだ小さいときから繰り返し聞かされていた紀彦である。

両親がことあるごとに、そんな不幸を見越した話をしていた。親がいなくなったら、お前は自分だけの力で生きていかなければならない、そのためにも、今のうちに、これを習得しなければならない、しっかりと勉強をして、栄養のあるものを食べて丈夫になり、できるだけ早く一人前になるのだ、と教えられたわけである。一度や二度のことではない。何度も聞かされると、強迫観念を通り越して、それが真実に限りなく近くなる。ああ、そういうものなのだな、と子供は素直に呑み込むことになる。

それだから、大人になるまえに両親が死んでしまうという想像を、紀彦は普通にしていた。妹は彼よりも五歳下だから、その面倒を見なければならない。親が少しは金を遺してくれるだろう。そんな経済的な話も聞かされている。したがって、生活費の心配はそれほどしなかった。が、しかし、家に自分と妹だけになるのだから、たとえば食事は自分が作らなければならないだろう。掃除や洗濯くらいは、二人で手分けをすれば良いだろうか。買いものはどのようにすれば良いのか。父が読んでいる新聞は、もう配達をやめてもらった方が良い。そんな細かいことにまで考えが及んでいた。子供が、そういう想像をするというのは、たぶん普通ではないだろう。しかし、紀彦にとっては、それが普通だったのである。

心臓発作で倒れた秋雄は、もう死んでしまうものだと思えた。紀彦としては、それが一番想像がしやすかったからだ。夏が終われば次は秋が来ますよ、と聞いていれば、ああついに秋か、と思う。それと同じくごく自然なことだったのである。

しかし、幸い秋雄は退院して、普通の生活ができるようになった。それでも、家で倒れて意識がなくなることが数回あった。紀彦自身がこれを目撃して、発作のときに飲む薬を父の口に入れたこともある。家のあちらこちらにその発作のための特効薬がテープで貼り付けてあった。家族の間ではそれを「ニトロ」と呼んでいた。ニトロといえば、ダイナマイトを連想してしまうが、躰の中で小さな爆発を起こして、止まりかけた心臓に衝撃を与えるものだ、というような、まるでSFのミクロ決死圏みたいな話を真面目にしていたのである。

秋雄が入院して数日間は、紗江子は病院に泊まり込みで看病をした。家には中学生の紀彦と小学生の妹の二人だけになった。これは、紀彦が想像していたシチュエーションだったが、少々時期が早かった。二人ともまだ学校へ通っている。家にはテリアが一匹いて、これも世話の焼ける存在だった。

このとき、叔母や従兄弟が二人の子供の面倒を見るために来てくれた。親類の人間であっても、紀彦にとっては他人も同然である。他人が自分の家の中にいて、夜になっても帰らないという状況は極めて珍しいことであったし、家系や血筋というものを多少は認識する機会だったともいえる。つまり、このとき初めて知ったのは、血のつながりのある者は他人ではない、という世間一般では当たり前の感覚だった。従兄弟なども、友達と同じレベルで考えていた紀彦だったが、その認識は間違っているかもしれない、という仄《ほの》かな予感がした。

ある一晩は、紀彦より数歳だけ歳上の従姉《いとこ》が来てくれた。彼女はまだ高校生か大学生だっただろう。もちろん、初対面ではないし、正月に遊びにいってトランプをしたこともある。しかし、自分の家で夕食を作ってくれるというのは、いかにも不思議な状況だった。紀彦にとって、父秋雄の入院という事件に関連して一番印象に残っているのは、このときのことだった。何故かといえば、この晩、飼い犬のテリアに噛みつかれて紀彦は大怪我《おおけが》をしたからだ。

フォックステリアという犬種は、見かけは愛玩犬だが非常に気性が激しい。牙も鋭く狩猟で狐を相手にする戦闘能力を備えている。このテリアが当時まだ一歳だった。父も母もいなくなり、しかも家に知らない人がいるのだから、犬も大いにストレスを感じていたのだろう。従姉の彼女が炬燵《こたつ》に入ろうとしたとき、そこで寝ていたテリアが怒って唸《うな》った。紀彦はそれを叱ったのだが、反撃を食らったわけである。

それほどの怪我でも痛みでもなかったのだが、大量に出血した。それで驚いてしまったのは彼女の方である。面倒を見るためにやってきたのに、自分のせいで紀彦に怪我をさせてしまった。一大事である。そこで、近くの病院まで歩いて紀彦を連れていき、急患で診てもらうことにした。このとき、紀彦は薬指と小指の間を四針縫われた。どう感じたのか、あまりよくは覚えていない。だが、どちらにしても格好の良いことではなかったはずだ。夜なのに一人で留守番をしている小学生の妹のことが心配だった。それだけを覚えている。といっても、時刻はたぶん遅くても七時とか、そんな宵の口のことだったにちがいない。

さて、この秋雄の心臓病については、とんでもない後日談がある。秋雄がまた具合が悪くなり、同じ病院に二度めの入院をしていたときのことだ。なんと、その病院の院長が死んでしまったのだ。しかも、殺人事件である。夜中に救急車で運ばれてきた男が、診察中に院長を殴り殺した、というニュースはテレビでも流れた。精神異常者だったのか、動機が何だったのかは、まったくわからない。

ただ、院長がいなくなったので、小さな病院はその後立ち行かなくなり、閉鎖された。秋雄もしかたなく退院し、別の病院へ移ることになった。最初は、救急車で運び込まれたわけで、選択の機会もなかった近所の病院だったが、今度は知人の紹介で、心臓病の権威といわれている医師に診てもらうことになった。

ところが、その心臓の専門家が診察したところ、秋雄の発作は心臓病ではなく、胃潰瘍《いかいよう》による貧血だろう、という診断結果が下った。狭心症《きょうしん》という病名が、殺されたまえの医師の診断だったし、現にそのための治療をし、そのための薬も飲んでいた。それが、すべてまったくの誤診だというのである。それでは、何度も飲んだ「ニトロ」はいったい何だったのか。どうして、あれで発作から回復できたのか。もしかして、そのまま放っておいても、大丈夫だったのか……。

とにかく、胃腸の権威という病院を紹介され、秋雄の症状は改善された。その後も秋雄は四十年近く、発作を起こすこともなく、健康に生きることになったのである。

自分が子供のときのことでもそうだったが、父のこの誤診からも、紀彦は医療というものに疑問を持つようになった。人間というのは、信じてしまえばそのとおりになる。そういう性質を本来持っている。医師がこの病気だと告げれば、それに似た症状が実際に現れる。発作だって起きるし、これが特効薬だと信じれば、それが治まりもする。重病だといえば悪化し、誤診だとわかれば途端に元気になる。気の持ちようとはよくいったものだ。

逆に、紗江子は、その後の定期検診で腫瘍《しゅよう》が発見され、癌の権威の病院へ十年以上通うことになる。手術を何度も受け、そのたびに入院をした。自分の母が癌で死んだことから、自分も癌になる運命だと信じていた彼女である。だから充分に予防をし、早期に発見し、癌と闘おうとしたのだ。もし、彼女が検診など受けず、つまりなにも知らずにその十年を過ごしていたらどうだっただろう、とのちに紀彦は幾度も想像した。

ちなみに、紀彦の妻の父は、七十代で肺癌だと診断され、余命は二年と宣告された。具合が悪いのに電車で遠くまで通院をしていた。家には酸素吸入器が置かれていて、死ぬまでその機械のお世話にならなければならない、ということだった。しかし、あるとき、病院で数時間も待たされているうちに、余命幾ばくもないのにこんなに時間を無駄に過ごして良いものか、と疑問に思った。そして、死を覚悟しつつ、もっと有意義なことに時間を使おう、と考え、病院へ行くことを一切やめてしまったのである。以来、彼は十年以上も生きている。酸素吸入器も不要になり、普通に健康に暮らしている。

そういった事例からも、紀彦は、母のことについて、どうしても考えてしまうのだ。母が生きているうちも、同じような考えを持ち始めていた。すなわち、そんなに無理をして病院に通わなくても良いのではないか、もしかして、その心配こそが病気の原因ではないのか、ということである。元来が紗江子は心配性で、特に癌に対しては過敏なほど神経質だった。なにも気にせず、安穏《あんのん》と生きていれば、普通に生活ができたかもしれない。手術を繰り返し、沢山の薬を毎日大量に飲んでいたら、病気でなくても具合が悪くなる。違うだろうか。

というのも、子供のときに病院通いが絶えなかった紀彦であったけれど、結婚と就職を機に地元を離れ、それ以来、少々の体調不良でもじっと我慢して、医者へは行かないように努めた。薬も飲まないようにした。だいたい薬を飲むと具合が悪くなることが多かったためだ。そして、四十代になった頃にふと気づくと、二十年間一度も医者に行っていない自分があった。風邪薬も頭痛薬さえも一切飲まなくなっていた。具合が悪ければ、ただ寝るだけ。それで過ごしてこられたのだ。

ほかにも変えた習慣がある。栄養を摂るために嫌いなものでも無理に食べさせられた子供時代と打って変わり、大人になってからは好きなものだけを食べるようになった。結婚した女性は、それが普通のことだと言うのだ。嫌いなものを何故食べなければならないのか、と彼女は笑ったのである。それだけでも、紀彦にしてみればカルチャ・ショックだった。

母に対しても、何度かそれとなくこの主張をした。つまり、医者の言うことを無条件に信じるのはどうなのか。医療というものは、それほど科学的に確かなレベルにはまだ至っていないはず。多くの場合、手探りで対症療法を繰り返しているのが現状なのだ。紀彦には大学時代の友人で医師になった者が何人もいたが、そちら方面からも「患者には言えないけれどね」といった前置きで伝わってきた話が沢山あったのである。

それでも、紗江子の医療信仰を止めさせることはできなかった。紀彦もそこまで強く親に対して言えなかったし、また、自分で良かれと信じている行為であるならば、かえってそちらの方が本人のためになる可能性だって否定できない、という気持ちがあった。また、母のその信仰は、若くして死んだ彼女の母と、やはり病気で失った一人めの子供に起因しており、とても崩すことのできない強固なものに思われた。あのときもっとこうしていれば、という後悔によって重ねて塗り固められた強く頑なな意志だっただろう。そう紀彦は思うのである。

3

紗江子の第一の特徴は、ものを整理して収納することである。それくらいのことは誰でもするし、また誰にでもできること、綺麗好きならば、整頓《せいとん》好きならば、ごく普通のことではないか、と思われるかもしれない。しかし、彼女の場合、それは完全に度を越しているのである。

たとえば、秋雄と結婚して以来、紗江子は燃えるゴミ以外のゴミを出したことがない。日常生活をしていれば、当然各種のゴミが生じる。たとえば、瓶であるとか、プラスティックの容器であるとか、ビニルの袋、空き箱、空き缶、紐や輪ゴムに至るまで、紗江子はけっして捨てない。つまり、一度自分の家に入ったものは、絶対に家の外へは出さない。きちんと分別をし、綺麗に収納してしまうのである。包装紙なども、乱雑に破らない。綺麗にテープを剥《は》がし、アイロンをかけて紙の皺《しわ》を伸ばし、正確に折り畳んで仕舞っておく。輪ゴム一本でさえ、太さ別に収納しているのだ。

紀彦は物心ついたときから、家の至るところにそういったものが綺麗に仕舞われていることに気づいた。

紀彦は工作が大好きだった。幼稚園児だった頃、友達の家へ遊びにいったとき、初めて工作品を見た。これは何かときくと、友達の姉が作ったものだという。空き箱に折り紙が貼ってあった。手紙が束ねて入れられるようになっていた。今思えば、なんの変哲もない、よくある小物入れだ。テレビの工作教室などで、初心者向けに紹介される類の定番である。だが、紀彦にはそれが衝撃的だった。自分とそれほど違わない小さな子供が作った、ということにショックを受けたのである。翻《ひるがえ》って考えれば、自分でもそれを作ることができるはずだ、とすぐに思い至った。

このときの記憶は非常に鮮明で、その後の紀彦の人生を決めたといっても過言ではない。その日、紀彦は家に飛んで帰り、母親に空き箱を出せと要求したのである。すると、紗江子ははいはいと軽く返事をして、ここにありますよ、と押入の中から箱を幾つか取り出して見せた。

それらは大きな箱ばかりだった。紀彦はもっと小さいものが作りたかったので、不適切である。なにしろ、まだ箱を切って大きさを変えるという発想がない。母にそれを訴えると、紗江子は澄ました顔で、開けてごらんなさい、と答えたのである。

まず、箱を手に持ってみると、それは予想外に重かった。単なる空き箱ではなく、中になにか入っているようだ。蓋《ふた》を取って開けてみると、それよりも少し小さい箱が中に収まっていた。その箱も重い。そして、その中にはもう少し小さな箱が入っていた。どんどん開けていくと、少しずつ小さな箱がつぎつぎと出てくる。ときには、一つの箱に複数の箱が並んで入っていることもあった。

紗江子は、このように緻密に整理をして、あらゆるものを高密度で収納するのである。円筒形のお茶や海苔《のり》の缶なども、小さい缶を大きな缶の中に入れてスペースを節約する。少なくとも五重くらいにはなっていないと気が済まない。そう、人形の中に相似形の人形が重なって入っているマトリョーシカのように。

蒲鉾《かまぼこ》の板をきっちりと詰めた段ボール箱もあった。百枚くらいは入っていた。紀彦はそれでドミノ倒しをして幾度か遊んだことがある。当時はまだ発泡スチロールというものはなかったけれど、プラスティック類は出始めていた。各種の容器を形や大きさで選り分けて分類し、ときには色によっても集められていた。駅弁などに入っているビニル製の薄い緑の仕切りも、それだけをまとめて束ね、台所の引出の中に仕舞われていた。

紀彦が工作をするために必要な材料は、全部なにからなにまで紗江子が出してくれた。こんなものはないかと話せば、たいていそれに似た形のもの、目的に添うものが家のどこかから出てくるのである。

紗江子のこの異常なまでの整理・収納癖は、彼女が死ぬまで続いた。さすがに晩年は、自分が収納した物品が、どこにあるのか思い出せなくなっていたが、とにかく分別して仕舞っておく作業は綿々と行っていたし、なにも捨てないというポリシィは生涯徹底していた。

小さなことでも継続すると結果は膨大になる。塵《ちり》も積もれば山となるという言葉のとおりであるが、いくらなんでも塵は山ほどの大きさにはならないだろう。しかし、家庭の不用品を捨てないでいると、いくらコンパクトに整理をしても限界というものがある。当然ながら、総量として馬鹿にならない体積になることは必然といえるだろう。

紀彦が小学校に入る直前に、相田家は家を建てて引っ越した。それ以前は二間と台所しかない借家住まいだった。なにしろ、秋雄と紗江子はかけおちしてきたのだから、いわゆるゼロからのスタートだった。貧乏だったことはまちがいない。しかし、もともと会社勤めだった秋雄は、かけおちを機会に奮起したのか、自分一人で商売を始めた。当時はそんな言葉はなかったが、「脱サラ」である。その商売というのは、建築業だった。もともと大学の建築学科を卒業し、建設会社で設計の仕事をしていたので自然な選択ではある。ただ、自分で商売を始めるということは、会社員とは雲泥の差、すべてを自分でしなければならない。当然ながら、設計だけすれば良い、というわけではなく、実際に家を建てなければならないのだから、沢山の業者に発注をし、交渉をし、トラブルを解決していく必要がある。それ以前に、なによりも肝心なことがあった。仕事を取ってこなければならない。看板を掲げて待っていれば、自然に客がやってくるというものではないのである。おそらく相当な苦労があっただろう。ただし、時期的には順風だった。戦後によるリセットのあと、日本中で新しいものがどんどん作られていく時代だったからだ。

紀彦が小学校に入学するまでの数年間に、自分の家を新築するだけの資金を蓄えたのであるから、秋雄の商売は大成功だったといって良いだろう。かけおちをしたあと長男が死んだ時期がどん底だったとすれば、それ以降の相田家は上り調子だった。

紗江子は、あらゆるものをどんどん自分の家に収納していった。そのほとんどは役に立つ見込みのない物品に思われたが、もちろん本人はけっしてそんなふうには考えていなかった。今は不用に見えても、きっと将来なにかの役に立つにちがいない。紀彦の工作の素材だけではない。商売なんてものはいつひっくり返るかわからないのだ。また貧乏に逆戻りする可能性だって考えられる。あのとき捨ててしまったものを金を出して買わなくてはいけない、といったことは絶対にあってはならないこと。彼女はそう考えて、日々整理をしつつ、綺麗に隙間なく箱に詰めては押入や棚に押し込んでいったのだ。

最初は、キッチンの引出、棚、各部屋の押入などが、それらを収めるスペースだったが、いくら工夫をして密度を高めても場所が足りなくなり、秋雄に頼んで庭に小屋を建ててもらった。建築業なので、大工を数人使っている。仕事がないときにそういうものを作ってもらえば費用はかからない。こうして、紗江子にとって夢のような新天地がまもなく完成した。その小屋には、初めの頃こそ家業で使う道具類も収められていたが、しばらくして事務所を拡張したときにそちらへ移され、小屋は紗江子が独占できるようになった。

紀彦はこの当時、母のこの特別な習性を正確に、あるいは客観的に認識できていなかった。たしかに物持ちが良い、整理が上手だ、ということは知っていたけれど、女性というのはそれほど細やかで、生活空間を過ごしやすくする性質を生来持っているのだ、というくらいにしか理解していなかった。母と比較できるような女性は身近にはいない。妹はまだ子供である。ほかの家でも、主婦というのはこのようにものを整理して蓄えているのだろうと想像していた。まさか、工作の空き箱をすぐに出してもらえないとか、輪ゴムをわざわざ買っている家があるとは想像もしていなかったのである。

ものを整理して収納するばかりではなかった。紗江子は、大事なものをかなり奥の方、すなわち、出すのが極めて面倒な場所に隠す習性もあった。印鑑などは、マトリョーシカと化したお茶の缶の一番内部に収納されていた。その缶がさらに棚の一番奥にある。棚の戸を開けて、手前にある箱を幾つか退けて、ようやく缶が取り出せる。印鑑が必要なときに、いちいちそれを出すのである。それが面倒だとは紗江子は感じないようだった。紀彦はその光景を見たことが何度もある。玄関先に人を待たせて、紗江子が印鑑をそこから出しているのである。子供心に、よく使うものなのだから、もう少し便利なシステムがあるはずだ、合理化できないものだろうか、と思ったものである。実印ではない、単なる認め印がこのレベルなのである。実印がどれくらい凄《すご》い秘密の場所に隠されているのか、想像を絶する。現金はもちろん、通帳や土地の権利証など、重要な書類は、当時いったいどこに隠されていたものか。当然ながら、まだ子供だった紀彦の知るところではなかった。

ものを捨てないのだから、それはまちがいなく倹約である。しかし、紗江子はケチではなかった。というのも、紀彦が欲しいと言えば、一部の例外を除いてたいていのものを買ってくれた。その例外というのは、すぐに遊べるおもちゃの類である。おもちゃを買うくらいならば、そのおもちゃを自分で作りなさい、というのが紗江子の主張だった。それを作るために必要な材料も、工具も、全部買ってあげるから、と言うのだ。そして、その材料や工具は、一般にそのおもちゃよりもずっと高価なのである。

紀彦がニッパという工具が欲しいと言うと、デパートまで彼を連れていき、ドイツ製高級品を購入する、そういう人だった。紀彦がよく覚えているのは、このとき八千円もしたニッパである。ニッパというのは、いわゆるペンチの類だ。特別なものではない。ただのペンチである。今どきならホームセンタで五百円もしないだろう。その当時の八千円といえば、今の五万円くらいの価値が充分にあったはずである。そういう品物をぽんと購入してしまうのだから、これはケチではない。

ケチでないだけでなく、普通ではないことも事実だろう。的確に表現する単語が見つからないが、あえて一言でいえば、「極端な人」なのである。だから、五十万円の仏壇を買ったことだって、彼女にとっては特別なことではなかった。おそらく、ちょっとした遺品を入れておく収納棚として購入したものだろう。どうせ買うのなら、良いものを買うべきだという理屈が、仏像の後光のごとく輝き、彼女の手許だけでなく近辺までも明るく照らしたのだろう。けっして間違ってはいない、ただあまりにも過剰なのである。

紀彦が中学生のときに、全国的にニュースになった事件があった。オーブンに入れたままの札束を燃やしてしまった主婦がいた。札束というのは百万円だった。百万円といえば、一財産である。今の百万円よりは数倍価値があった時代のことだ。自分でそこに隠したのに、うっかりビスケットを焼くために火をつけてしまった。変な匂いがするので気がついたときには遅かった、というわけである。そのうっかり者の主婦というのが、紗江子だった。

ニュースになったのは、もちろん泣き寝入りをせず、銀行へ電話をし、灰になった札束をそっとそのまま持っていって新しいお札に替えてもらったからだ。完全に燃えて跡形もなくなった場合は交換できないが、原形が確認できる程度の損傷のものは交換してもらえるらしい。新札のまま束になっていたので、隙間がなく空気も入りにくい。このおかげで燃えにくかったのだ。幸い、九十数万円は戻ってきた。

こういう珍事は、ほのぼのとしたローカルニュースとしてテレビ、ラジオ、新聞などで報じられたらしい。紀彦はそんなことは知らなかった。ただ、大金をもう少しでなくしてしまうところだった、という話を母から聞かされただけだ。全国ニュースになっていたことを知ったのは、それから十年後くらいのことで、紀彦が結婚した相手がそのニュースを知っていたからである。彼女の実家は、紀彦が住んでいるところから五百キロほど離れていた。

秋雄は、こうした妻の変わった習性や奇行についてなにも言わなかった。どちらかというと、紗江子の収納癖に対して彼は感心していた。印鑑が時間をかけないと出てこない事態にも特に不満はなかったようだし、百万円を燃やしかけたときにも、ただ笑っていた。もちろん、全額が失われていたら、笑いごとでは済まなかっただろうが。

ほんのときどき、「こんなもの捨てれば良い」という指摘を、秋雄は紗江子にしていた。そういう場合は例外なく、紀彦の目にも父の判断の方が妥当だと思えたものだ。これに対して紗江子は、「捨てるのはいつでもできますからね」と言い返していた。そう、彼女は、年齢差が七歳もある夫にまったく負けてなかった。おそらく、秋雄の性格からして結婚当時は亭主関白だったにちがいない。それがいつの間にか逆転し、紗江子の方が強くなった。あるいはその逆転は、心臓病の一件があった頃だっただろうか。

紗江子は、いつも細かい文字でなにか文章を書いていた。紙は広告などの裏を利用していたし、筆記具も景品や記念品でもらったものしか使わなかった。まだ箱に入ったままの未使用の筆記具も沢山ストックされていた。一生かかっても使い切れないくらいあったし、紀彦も幾つかもらったことがある。ただ、商店の名前が入った鉛筆や定規を使っていると、学校では少し恥ずかしいので、筆箱には入れなかった。

何を書いているのか、よくわからなかった。近づいても読めないほど字が小さいのである。家計簿をつけていることもあったし、毎日の記録、つまり日記のようなものも書いていたようである。また、紗江子は本をいつも読んでいたが、たいていは日本の古典を原文で読むか、あるいは辞書を読んでいた。国語辞典、漢和辞典、古語辞典といった類である。そういうものを読みながら、広告紙の裏になにか書いているのだ。

紗江子はつまり勉強をしていたのである。夜遅くまで、台所のテーブルに向かっていた。うたた寝をしているところも何度か見かけたことがある。秋雄は、「もう寝なさい」と幾度も注意をしていたし、紀彦も高校生、大学生になった頃には、親の躰を心配し、無理をしない方が良いと何度も言った。それでも、紗江子はまったくきかなかった。うたた寝をしているくらいなのだから、きっと疲れていたのだろう。それでは頭に入らないのではないかと思えるのだが、それでもテーブルの上に置いた本を閉じようとはしなかった。寝ていても、じっと見つめている姿勢だった。昼間は家事があり、秋雄の商売の手伝いがあり、それに整理整頓の作業がある。それなりに忙しかったはずだ。夜だけしか勉強ができない、というようなことを口にしたこともある。そう、たしか一度か二度、彼女は「勉強」と言った。

考えてみると、紀彦は母から「勉強しなさい」と言われたことがない。父の秋雄は、「しなさい」とは言わないまでも、「した方が良いのではないか」という理屈を実例を挙げて語った。しかし、紗江子はその種のことはなにも言わなかった。ただ、頼みもしないのに、参考書や問題集を買ってくる。それが紀彦の机の上に置いてあるだけだった。そういうプレッシャのかけ方をするのである。

紀彦の関知するところではなかったものの、おそらく紗江子は、秋雄に対して種々のプレッシャをかけていただろう。秋雄が商売に成功したのは、このためだったかもしれない、とあとになって紀彦は分析するのである。

たとえば、紗江子は、人間は趣味を持つべきだという確固たる価値観を持っていたので、夫に対して趣味を持つように常に訴えかけた。秋雄は、仕事がないときにはのんびりと寝転がってテレビを見たり新聞を読んだりするのが好きだったが、そういう姿を紗江子は良しとしなかった。秋雄は嫌味を言われることになる。若いときには麻雀が趣味だと言い張っていたようだが、それは単なるレジャであって趣味とは認められない。趣味とはもっと高尚なものだ、と紗江子に説得された。

紗江子のこの価値観は、彼女の父親からもたらされたものである。紗江子の父は趣味人で、新しいものにつぎつぎと手を出す人だったらしい。日本で初めてアスパラガスの栽培《さいばい》をして、このサプリメントを開発した。タヌキの牧場を作ったこともある。バイクや自動車を自分で作って乗っていた。自動車屋と自転車屋と建設業は、息子や娘婿に譲り、最後はコンクリートブロックを大量生産する方法を開発し、そのための大きな工場を畑の中に作った。そういった仕事以外にも、映写機や無線機器を収集し、蓄音機《ちくおんき》で音楽を聴くことが趣味だった。その時代にレコードがあったのは、村でも紗江子の家だけだったのである。

紗江子のプレッシャに負けて、しかたなく秋雄は油絵を習い始めた。プロの画家のところへ週に一度通い、また家でも何枚も絵を描いた。紀彦の目にも、秋雄は絵の才能があるように見えた。そして、彼が絵を描いている間は、紗江子の機嫌が良い。紗江子の機嫌が良いということは、すなわち家庭円満であり、絵のために費やされる時間も、その道具代や習い賃もペイするだけの充分な価値が秋雄にはあったことだろう。

紗江子の収納スペース不足の問題に関しても、秋雄は解決を迫られた。これをしてもらえないと私は不機嫌になりますからね、というプレッシャが効いた結果である。裏庭に建てた小屋はすぐに満杯になり、まずはそれを増築した。その後、紀彦が大学生になって家を出ていくと、不用になった紀彦の部屋を収納のために使い始めた。こうして、一部屋また一部屋と、紗江子が整理した物品でいっぱいになっていく。

外見上は、段ボール箱、プラスティックケースなどが積み上がっていくのであるが、それらの箱の中には、それぞれ小さな箱が入っていて、各種のものが分別されたうえ整然と収まっている。箱には、中身がわかるように小さな文字で記されていた。

当然ながら、部屋以前に、箪笥《たんす》や棚の類も増加している。商売が好調になれば、使える金もそれだけ自由になり、買うものも増える。衣料品も小物も多くなる。ようするに、家に入ってくるものが総量として増加するのである。箪笥は着物でいっぱいになり、洋服を沢山吊ったラックで部屋が歩けないほどになる。

簡単に言えば、どの部屋も納戸《なんど》になっていくわけである。最終的には、人が一人入り込めるスペースだけが残される。もちろん、この一人とは紗江子のことだ。自分がアクセスできる余地さえ残しておけば、整理には不都合はない。それ以外は、すべて埋め尽くさなければならない空間なのだ。

紗江子のことだから、その密度たるや並大抵ではない。もうぎっしりというか、この部屋の床にかかっている荷重はいかほどか、と心配になるほど押し込められた状態に至る。一般的にあまり使われない「圧縮」という言葉がその状況に相応《ふさわ》しい。

紀彦は結婚してからも帰省したときに、自分が子供の頃に使っていたものを探すことがあった。既に自分の部屋も納戸になっている。自分の持ちものだった品々は、すべて整理され分別され、どこかの箱に仕舞われている。もちろん、どこに仕舞ったのか、と母に尋ねるのだが、だいたいあの辺だというくらいの曖昧な情報しか得られない。どの箱の中にある、といった明確な返答はなかった。この点では、幼いとき工作のためになんでも出してもらえた素晴らしさは既に失われていた。もうこの頃には、整理した本人も全体像を到底把握できない状態に陥っていたことは確かだった。

仕舞うから出てこなくなるのではないか、と少々腹を立てながらも紀彦は探してみる。すると、いろいろなものが出てくる。なにしろ何一つ捨てていないのだから、あらゆるものが保存されているのだ。小学生のときのテストやプリントの類、紀彦の使ったノート、そういったものまですべて種分けされて箱に入っている。お、こんなものがあったか、という懐かしいものに出会い、そうするうちに、何を探していたのか忘れてしまうほどである。

あるときは、駅弁の釜飯《かまめし》のあの小さな釜が三十個くらい入った箱を見つけた。釜は釜だけで並べられ、蓋は蓋で重ねて入っていた。全部同一の方向を向いてきちんと収まっている。また、ある段ボールの中には、ポケットティッシュが百個くらい詰まっていた。気がつくと、その隣の段ボール箱も、さらにその奥の段ボール箱も、ポケットティッシュという小さな文字が書かれていた。開けて中を確かめたわけではなかったが、たぶんぎっしりと詰まっているのだろう。釜飯の釜には感動したが、残念ながら使い道を思いつかなかった。ティッシュはさすがに、早く使えば良いのに、と思わずにはいられなかった。こうやって発見されるものたちによって、自分の探しものの価値が少しずつ削られていくように感じるのである。

4

秋雄の特徴というのは、紗江子のようにわかりやすいものではなかった。性格としては無口で飄々《ひょうひょう》としている。一見頑固《がんこ》で短気なように見えることが多いが、短気さで比較すれば、紗江子には及ばない。つまり、さほど際立っているわけではない。口数の少なさも、極端なわけではなく、ほとんどなにもしゃべらないといった困り者ではない。一番彼のことをよく理解しているのは、紀彦であるが、秋雄がどんな人間かという説明には窮する。つまり、「複雑」であることはまちがいなかった。

秋雄は、ときどきまったく関係のないことを口にする。お互いが共有できるテーマで会話を続けようとしない。相手が何を話していようが、自分が考えていること、たった今思いついた別のことを素直に言葉にする。ある意味で、裏のない正直者である。こういう人間が商売をしていたのだから不思議ではあるけれど、少しつき合えば正直者だということは簡単に見抜けるので、建築業のような大きな商売においては、これが信用を得るのに功を奏した、と分析もできよう。すなわち、この男は人を騙すような賢さがない、というふうに見られるのである。

けれども、ピントが普通とずれているというだけで、頭が悪かったわけではない。どちらかというと、勉強家の紗江子よりは学力が上だった。紗江子は女学校出だが、秋雄は帝国大学の工学部を卒業している。戦前のことであるから、女学校というものは、特に紗江子の育った田舎では一般的な存在ではない。当時はまだ、女は勉強などするものではない、と考えられていた時代だった。現に、女四人の姉妹のうち、一番下の紗江子だけが女学校へ上がった。電車に乗って遠くの学校へ通ったのである。同じ村には同級生はいなかったという。もっとも、紗江子の下に末っ子になる弟がいて、彼は私立の大学へ入れさせられた。これからはどんな仕事をするにも学歴が必要な時代になる、という父の判断だったそうだ。そんな先進的な考えの父親のおかげで、紗江子は女学校へ行けた、と考えていた。

秋雄の家は、秋雄が大学に上がる以前に両親が他界しているのに、子供たちは進学している。四人の妹たちも例外ではない。親の遺産が生活費や学費として消費されたわけだが、簡単にいえば、もともとがそれなりの家だったということになる。

無口な秋雄だったから、紀彦は父の家のことをほとんど知ることができなかった。少ない情報の多くは、叔母たちからもたらされたものだ。親密な親戚づき合いがあったわけではないので、結婚式や葬式といったイベントで会ったときなど、少ない機会に聞いた断片的な話でしかない。

紗江子から聞く昔話もあった。秋雄は若いときに詩を書いていたという。おそらく、そういう趣味を持った男性が、紗江子の理想だったのだろう。紗江子も四十代になってから短歌を習い、創作活動に没頭するようになる。

秋雄は、詩を書くくらいだったので、もともとは文学青年だったらしい。しかし、戦争の召集を遅らせるために大学は工学部へ進学した。そこを卒業したのち軍隊にいたのは半年間ほどで、国内で通信兵の見習いをしているうちに終戦となった。秋雄の二人の兄は、陸軍と海軍でいずれも戦闘機乗りだった。長男は飛行兵の教官になったので生きながらえたが、次男は特攻隊で戦死している。三男の秋雄は、彼らに比べれば平和な時代に生きていたことになる。

秋雄は、なにに対してもすぐに熱中するが、長続きはしない。いわゆる飽き性である。釣りやゴルフの道具を揃えたこともあったが、長くは続かず、道具はまだ新しいまま倉庫で埃を被っていた。一時は、モータボートを買おうとしたこともあったが、寸前で紗江子に止められた。自動車が五台以上買える値段だった。買っても、どうせ飽きて乗らなくなるのだからもったいない、と説得されたのだろう。五年間ほど凝っていた油絵くらいが比較的長期間続いた唯一の趣味であり、それ以外は、ほとんど無趣味だといっても良いだろう。特に紗江子の趣味への熱中度に比べれば、のんびりとしたなにもしない時間を秋雄は重視していたようだ。

秋雄はとても痩せている。男性の平均的な身長であったが、体重は極端に少なかった。しかも歳を取るほど痩せていった。四十代のときには既に四十キロを割っていて、見た目にもがりがりであった。服はどんどんぶかぶかになる。この「ぶかぶか」という表現が一般的かと思われるが、秋雄自身はよく「だぶだぶ」と言った。服がだぶだぶなのを気にしていたようである。

若いときから白髪が目立ち、外出するときはハンチングを被り、サングラスをかけることが多かった。かつてはバイクやスクータに乗っていて、幼い紀彦も幾度か乗せてもらったことがあった。しかし、踏切を通過中の電車に横から衝突し、スクータがぐしゃぐしゃに壊れてしまったため、それ以降は四輪に乗り換えた。二輪だったためにスリップして事故になったのだ、という彼なりの分析だったらしい。したがって、紀彦が大きくなったときにも、二輪に乗ることだけは絶対に許さなかった。

秋雄はこのように、同じ失敗を繰り返さないように自分の行動を深く分析するタイプで、こういった性質も商売の成功につながった一つの要因といえるかもしれない。そして、その根底には、なにごとも理屈が必要だという信念があった。人を説得するためではなく、自分の納得のために理屈が必要だったのだ。

だから、人が会話をしているときも、そこから抽出されるもの、さらには、それらを支えている理屈、そこに新たに立脚できる理屈を考えていた。思いついたときに、それを口にすると、みんなが黙ってしまう。突然何を言いだしたのか、という目で見られる。それが、ますます秋雄を無口にさせたのではないだろうか。

秋雄は仕事で忙しく、家族とともに過ごす時間は少なかった。子供と遊んでやるようなことはなかった。そもそも、家庭的なことにほとんど関心を示さなかったともいえる。紗江子から要求されれば、それに応じてたいていのことは引き受けたものの、自分からすすんですることは稀《まれ》で、またそういったサービスに楽しみを見出すタイプでもなかった。

綺麗な風景を見ても、けっして「綺麗」だとは口にしない。面白い番組を見ても笑うことは滅多にない。秋雄は、いつもむっとした顔で無表情だった。犬を飼い始めたのは紗江子であったし、紀彦や妹も犬を可愛がったが、秋雄は触ろうとはしなかった。怖がっているわけではなく、嫌がっているのでもない。必要ならば抱き上げたり、洗ったりすることもあった。ただ、わざわざ呼び寄せたり、撫でたりすることはなかった。愛情というものを確かめようとしない、否、そういった行為で確かめられるものが本当の愛情ではない、と理屈で理解していたかもしれない。そういう冷めた人間だったともいえる。

商売をしていたので、電話が頻繁にかかってきた。紀彦は、電話をしている父を何度か見ている。日頃聞いたことのない滑《なめ》らかな口調で秋雄は話をしていた。またあるときは、丁寧な言葉遣いで謝ったり、少し感情を表に出して叱りつけているような場面もあった。そして、電話を切ったあとは、電話中とは反対の表情を見せる。つまり、笑って話をしていたあとには少し怒った顔になり、怒った口調だったあとにはやや微笑んだかのような表情を見せた。まだ子供だった紀彦が近くにいることに気づくと、その変化はさらに顕著になる。今のは本当の気持ちではない、演技でそういう態度を相手に示しただけだ、こうしなければならないのが商売というものなのだ、と言わんばかりだった。

口数の少ない秋雄ではあったけれど、紀彦と二人だけのときには、教訓めいた話をときどき聞かせてくれた。特に、商売の話が多かった。商売というのは、五円のものを十円だと言って売ることだ、と話した。笑って冗談のように言ったのではない。それはまるで、自分がしていることが後ろめたい行為である、とでも言いたげな感じだった。だからけっして、自分と同じような道に進むな、というふうに紀彦には聞こえた。

紀彦は、このような父を尊敬していた。少し成長した紀彦には、母は少し困った人だとわかったし、それを許容している父は、人間として寛大であると理解した。母の言い分は、少なからず感情的であり、過去の発言とも矛盾することが多かった。それに比べれば、父の言うことはいずれも筋が通っていたのである。

また、両親がお互いをどう言うのかにも違いがあった。紗江子は夫のことを、ここが悪い、ここが困る、と紀彦に話して聞かせたが、秋雄は、妻のここが素晴らしい、彼女は頭が良い、という褒《ほ》め言葉しか口にしなかった。これも、父の方が人間が大きいのではないか、と紀彦が判定した要因の一つである。

それでも、表面的には紗江子は秋雄を常に立てていた。なにか大事なことを決めなければならないときには必ず、お父さんに相談しなさい、と紀彦に言った。たとえば、紀彦が学校からもらってくる重要な書類に記入するのは、紗江子ではなく秋雄の役目だった。学があるのは父の方だ、ということを彼女は認めていたようである。

ほとんど子供の相手をしなかった秋雄であったが、紀彦がまだ三歳の頃に算数の足し算を教えてくれた。紀彦が尋ねたからでもある。その後も、数々の計算のし方を紀彦は父から習った。秋雄は数学が得意だったらしい。だから、紀彦がほかの教科でどんなに悪い成績を取っても、「数学さえできれば問題はない」と言った。そういうこともあって、紀彦は数学だけは失敗をしないように、と試験に臨んだものである。

小学校に上がったときには、方程式を既に教えてもらっていた。学校で習うことは、あまり良い順番とはいえない。こちらをさきに知っていた方が理解しやすいだろう、という理屈だった。そして、いつもの父の理屈のとおり、それもやはり正しかったと紀彦にも思えるのだった。

秋雄が本を読んでいるところを、紀彦は一度も目撃したことがない。したがって、彼が文学青年だったというのは、紗江子の証言以外に根拠はない。秋雄が自ら文学青年だったなどと言おうはずもない。ただ、ちょっとした話の中でわかったことだが、たしかに有名な小説作品、小説家のことを秋雄はたいてい知っていたし、どんなあらすじなのかと紀彦が問うと、例外なく滑らかに説明してくれた。哲学書も多く読んでいたようだったし、また音楽はジャズを愛好していた。紀彦が十代になった頃には、既に音楽には飽きてしまったらしく、暇な時間というのは、ぼんやりと椅子に座って新聞を広げているか、ただラジオを聴いている、という姿ばかりだった。小さなイヤフォンを片耳に入れて、ポータブルのトランジスタラジオをポケットに入れていた。どんなものを聴いていたのかはわからないが、夏の夕方からは、まちがいなくプロ野球だった。それ以外にはスポーツを観戦するような趣味もなく、競馬もやらなければ、相撲《すもう》も観なかった。

秋雄が読んだ本というものは、家には置かれていなかった。おそらく、読書にもとうに飽きてしまい、貧乏だった頃に手放したのだろう。つまり、相田家には父の書斎という部屋はなかった。玄関周辺のかなり広い部分が、商売のための事務所になっていたが、そこにデスクが一つだけ置かれていて、家にいるときは朝から晩まで秋雄はたいていそこに座っていた。それ以外には、建築の設計図を描くドラフタという器具があった。テーブル面が垂直近くに傾斜していて、そこに大きな定規が付属しているものだ。秋雄がそれを使って図面を引いていることもたまにあったが、五十歳を過ぎた頃からは、設計も人に任せるようになり、滅多に自分で製図することはなくなった。

ドラフタは、引越をして新しい家で事務所を構えてから購入したものである。それ以前、つまり借家にいたときには、二間しかないうちの一部屋に机が一つだけあって、そこが図面を引く場所だった。椅子ではなく、座布団に座って使う低い机である。そこでT定規というものを製図板の上で滑《すべ》らせ、そのT定規の上に大きな三角定規を当てて、平行線や直角の線を引くのである。紀彦は幼稚園に上がるまえから、父がそこで仕事をしているのをよく見ていた。黙っていなければならない時間だった。家の中で一番明るい蛍光灯が、白い机の上を照らしていた。

そこに描かれた形が、建物を造るためのものだということも説明されて理解していた。しかし、その製図という作業と、図面というものの機能を最も深く理解したのは、秋雄が紀彦のために電車のおもちゃを作ってくれたときだった。

空き箱を使って工作をするようになった紀彦だったが、どうしても自分が思うような形にならない。電車を作ろうと思っても、プロポーションが似ている細長い箱などなかったからだ。その不満がいつもあった。紀彦はよく覚えていないのだが、それを父に相談したのか、あるいは訴えたのか。とにかく、秋雄が製図板に新しい紙を貼り、そこに電車の展開図を描いたのである。展開図というのは、つまり、前面や側面や屋根をつなげた形である。底はなく、側面に車輪も描かれていた。その車輪を秋雄はコンパスを使って描いた。その手順の一つ一つを、紀彦は食い入るように見つめていた。

図面が完成すると、秋雄は色鉛筆を使ってそれに着色した。秋雄が仕事で設計する建築は、喫茶店などの店舗が多かったので、正面のデザインなどは、施主に見せるためにカラーにすることが多かった。そのために色鉛筆や絵の具を使っていたのである。

色が塗られた展開図が出来上がると、秋雄は製図板から紙を外し、それをハサミで切った。紀彦は黙って見ていた。質問したかったが、図面を引いているときは、話しかけてはいけない、と教えられていた。紙を外したから、もう話をしても良いだろうか、とも考えたけれど、もう少し我慢をしようと思った。紀彦には、まだ秋雄がしようとしていることの意味がよくわからなかった。前面や側面が電車だということは理解できたものの、全体の関係は理解できない。それらはばらばらに切り離され、空き箱に貼られるのだろう、でも、そんな形の空き箱はないのに、と考えていたのである。

しかし、つながって描かれた形は、そのまま一体に切り出され、秋雄は次にそれを定規を使って折り曲げた。そして、引出から糊《のり》を取り出すと、台形の形の部分にそれを塗り、折り曲げた紙を立体に作り上げたのである。こうして、一台の電車が完成したのだ。

このときの驚きを、紀彦は今でもよく覚えている。展開図という言葉ももちろん知らない子供である。平面のものから立体が作り出される様は、まるで魔法のようだった。糊を塗った台形の部分が、のりしろという名称だということも、知るのは数年後のことである。けれど少なくともこのときに、糊を使うだけのために用意された部分があって、それらを計算に入れて図面が作られたことに、すっかり魅了された。

なるほど、図面を描くというのはこういうことか。父がしている仕事とは、ものを作るという行為とは、そういうことだったのか、と紀彦は理解したのである。

秋雄がそのようにして紀彦のためになにかを作ってくれたことは、このとき、ただ一度だけである。当然ながら、また作ってほしいと紀彦はせがんだはずであるが、二度と同じことを秋雄はしてくれなかった。やり方を見ていたのだから、自分でできるだろう、ということだったのだろう。

ただし、例外的なことが一度だけあった。紀彦が小学一年生のとき、母がデパートでロボットのプラモデルを買ってくれた。何千円もする高価なものだった。プラモデルというのは、自分で組み立てる必要がある。すぐに遊べるおもちゃは買わない、という紗江子の主義には反していなかったから、買ってもらえたのだろう。売り場の店員は、これはお子さんが作るには少々難しいかもしれません、というようなことを最後に言った。

家に帰ってきて組立て説明書を読んだが、紀彦にはさっぱりわからなかった。絵を見ても難しくて理解できない。なにしろ、ロボットの形をしているだけではない。モータやギアが仕込まれていて複雑な動きをする製品だったのだ。紀彦は、しかたなく母に組立てを手伝ってもらうことにしたが、それは全面的に母に作ってもらうことを依頼したのに等しかった。

数時間かけて紗江子がゆっくりとしたペースでプラモデルを作ってくれた。説明書を一字一句丁寧に読み、慎重に部品を確認しながら組み立てていった。夜になり、もう夕飯の支度をしなければならない時刻になって、ようやくロボットは完成したのだが、しかしスイッチを入れても、うんともすんとも動かない。紀彦にはショックだった。

上手くできなかったのは母のせいだ、と彼は泣きながら訴えた。自分で買ってほしいと頼み、しかも組立てさえも母に依頼しておきながら、勝手な言い分であるけれど、子供というものはそういうものである。人としてのバランスがまだ取れていないし、母には甘えていたのだろう。食事も喉を通らない始末だった。いちおう食事を終えたあと、紗江子は再び初めから説明書を読み直し、ロボットをじっと見つめ、図面と比べたりしていたが、どこが間違っているのかわからなかった。

この日、秋雄は帰りが遅かった。しかし、紀彦は起きて待っていた。ロボットが動かない原因は、父にしか解明できないだろう、と思ったからだ。そして、秋雄が帰ってくると、彼が食事をするのも待てず、紀彦はロボットを見せたのだ。

こんな高いものを買い与えたのか、というようなことを秋雄は言ったと思う。紀彦にではなく、珍しく紗江子に対しての意見だった。このときばかりは、紗江子は言い返すようなことはせず、黙っていた。とにかく食事がさきだ、と秋雄は言った。だから、紀彦は待たされた。

秋雄は食事が終わると炬燵へ移動し、煙草を吸いながらロボットの中を開けて点検をした。しばらくして、ああ、これでは動かない、と呟くと、事務所へ行き道具箱を持ってきた。

紗江子がそれを作ったときに使った道具は、ミシンに付属しているドライバやペンチだった。それはときどき、紀彦も借りて使っていたものだ。秋雄も自分の道具箱を持っている。現場でときどき必要になるためだった。そちらは、紀彦が触ることは許されていなかった。

紀彦は、父に尋ねた。どこが間違っているのか、と。

すると、秋雄は、電気というものは、このコードの中にある金属の部分を流れているのだ、と説明した。紗江子は、説明書のとおりにコードをつないだのだが、ビニルのカバーを剝《む》かず、そのまま接点に取り付けていたのである。

秋雄の修正によって、ロボットは動くようになった。問題の箇所以外の部分は、すべて正しく組み立てられていたのだ。紗江子もそれには満足顔で、笑顔になった。紀彦も感激した。

一年生の紀彦はまだ電気の仕組みなど知らなかったし、母もそれを知らないのだということを知った。しかし、父はそれを知っている。

秋雄がこのように子供のためになにかをすることは非常に稀で極めて例外的なことであった。

電車の展開図と、このロボットの解決くらいしか紀彦には記憶がない。だが、父の力を知るには、この二回で充分だった。紀彦が母ではなく父を尊敬していたのも、こうした事例に基づいている。

紀彦は、これが人の能力であり、人間の凄さというものだ、と感じた。ものごとを解決するためには、道具を持っているだけでは駄目だ。あらかじめ道理を理解していなければならない。その理解がなければ、自分が間違っていることにさえ気づかない、と知ったのである。

5

こんな両親に育てられた紀彦も、やはり普通ではなかった。

もちろん当人は自分が普通だと思っている。そう思いたいのは、誰にでもだいたい共通した傾向だろう。特に子供のときには、紀彦はそう信じて疑わなかった。成長するにしたがって接することになったさまざまな人たちや、沢山の本を読んで知ることができた常識的な大勢に比べて、自分はかなり距離のある位置にいるのではないか、という自覚が自然に生じたものの、しかし、それがいけないことだとは全然考えなかった。むしろその逆で、人と違っている方が良いという確信が紀彦にはあったのだ。

この確信がどこから来たものなのか、自問したことが幾度かある。はっきりとはしないものの、やはり両親の影響だと考えざるをえない。言葉でそうあれと言われたことはない。ただ、友達たちと一緒でない、自分だけがみんなと違っていた、ということに対して、紗江子はにっこりと微笑んだし、秋雄もほうと笑ったのである。二人ともけっして困った顔をしなかった。この両親は子供を滅多に言葉で褒めなかったから、紀彦は、その笑顔をいつも見逃さなかったし、もっと言えば、求め続けていたかもしれない。

たとえば、紀彦のランドセルは水色だった。紀彦の学校は、新興住宅地を学区として持つマンモス校で、全校生徒は千五百人。一年生は六クラスもあった。その中でも、ランドセルで黒と赤以外の色を見つけることはまずなかった。一人だけ黄色いランドセルの女子を見たことがあっただけだった。ランドセルを買うとき、紗江子はデパートへ紀彦を連れていき、好きなものを選びなさいと言った。どれも同じに見えたけれど、壁の高いところにスカイブルーのランドセルが飾ってあったので、あれにすると答えた。紗江子はにっこりと笑って、それを買ってくれた。あんな色やめておきなさい、と言うか言わないか、その親の価値観が、こういった機会に子供に継承されるのである。

子供というのは、親のちょっとした言葉、ちょっとした表情を敏感に捉える能力に長けている。社会に出る以前には、家族が自分が存在する世界の大部分であり、すなわち、それが環境なのである。そういう空気の中で、その子供の価値観が築かれる。もちろん、社会に出れば、その空気の違いに気づき、否応《いやおう》なく自分の価値観、つまり生き方を修正せざるをえない。それが紀彦の場合には、家庭と社会の違いがあまりにも大きすぎたのである。

たとえば、子供のときから、家と学校の空気は明らかに違っていた。先生の言うことと親の言うことは、ときには正反対だった。そういう場合には、その場によって演じ方を変えて対処するしかない。そうすることで余計な摩擦が避けられる。それは、秋雄が商売のときに演じる行為と同じもののように思われた。自分を変える必要はない。ただ演じ方を変えれば良いのだ。

そういった対処をすれば、自分自身の価値観を修正する必要がない。人と違っていることを気にすることもなく、むしろ、違っていることを密かに楽しんでいた。不思議なことだが、仲間はずれになることは紀彦にはまったく苦にならなかった。それこそが自分という存在が認められた結果であり、自分は特別なのだという証拠だとさえ考えたのである。

ただ、紀彦は上手く立ち回る子供で、演じることが得意だったともいえる。だから、学校で仲間はずれになることもなく、友達も多かったし、先生からも悪く見られることはなかった。それどころか、先生からは信頼され、クラスの中でも人気がある子供だった。そしてそれは、そういうふうに演じていたのだから、紀彦にとっては当然の結果だった。

家に帰れば、学校という舞台から下りて、役を終えることになる。彼は、特に先生に好かれたいとは思わなかった。友達と一緒に遊びたいとも思わなかった。自分一人で工作をしている方がずっと楽しかったのだ。この一つの証拠として、成人した頃には、紀彦は小学校や中学の先生や同級生の名前を一人として記憶していなかった。大人になっても友人関係が続いている幼馴染みは一人もいない。そういう関係を紀彦はまったく望んでいなかったのである。

一般的な表現でいえば、冷めた性格ということになるかもしれない。その表現自体が、いくらか批判的な響きを伴っている。それはとりもなおさず、平均的な価値観が、そんな孤立する人格を良しとしないからであり、あるときは危険視さえすることだってある。大勢の人間は、その種の人間を、寂しいとか、暗いというふうに見る。そう非難して、できるだけ改めさせ、仲間に引き入れたいという心理が働く。けれども、寂しくて暗い当人にしてみれば、自分の好きなことをしているだけのことで、煩《わずら》わしさを避けている結果にすぎない。なにも寂しくないし、明るい楽しさを求めた前向きな姿なのである。

紀彦のこの性格は、いずれも両親の血であることはまちがいない。

秋雄は商売をしていたくらいだから、表向きには社交的な部分があった。しかし、それはやはり演じている役にすぎない。また紗江子の方は、ほとんど人とつき合うことがなく、一人でいることを好んだ。趣味の仲間たちとの交流はあったものの、親しくなるようなことはなかった。才能がある人間に興味を抱き、その才能と、才能が生み出すものに接したいという願望があっただけで、親しみや人情を求めることはなかった。この点は、両親ともにほぼ共通した指向だっただろう。秋雄も紗江子も、このような性格を育てたのは、あるいは、親を早くに亡くし、愛情以外のものによって支えられた思春期だったかもしれない。

紀彦が工作を始めたのは幼稚園児のときであるが、その切っ掛けは友達の姉の工作物を見たショックによるものだった。それに追い打ちをかけたのが、父が描いた展開図から立体化された電車だった。母に買ってもらえるおもちゃは、積み木やブロックという類のものだけで、これは紗江子の教育方針によるものだった。小学生になる直前に引っ越した街には、プラモデルや工作の材料を売っている店が幾つかあったから、お小遣いをもらっては、それらの店へ通うようになった。

完成されたおもちゃは買ってもらえないが、ものを作るための道具や材料を買いたいと願い出れば、ほとんど要求どおりの金額が母からもらえた。だから、お小遣いを使うために紀彦が最も頻繁に通った店は金物屋だった。金物屋の主人と知り合いになり、代金をまけてもらったり、おまけに中古の道具をもらえるようにもなった。小学生が毎日のように訪れ、小さなビスやナットを小銭で買い求めていくのだから、変わった子供だと思われていたことだろう。

一年生のときのプラモデルのロボットの一件があったことから、紀彦は電気というものに興味を持つようになり、すぐに電球やモータや電池を使った工作ができるようになった。そのうちに、少年向けの工作雑誌を紗江子が買い与えたので、それを熱心に読むようになり、小学三年生になると部品をハンダづけしてラジオを製作した。その部品は、自転車で五キロほど行ったところに子供相手の部品屋があって、そこで購入したものだった。最初は、家の近くの電気店に買いにいったのだが、そこの主人が、うちではなく、あそこへ行きなさい、と教えてくれたのである。また、もちろんハンダ鏝《ごて》は母に買ってもらった。このときは、珍しく金物屋まで一緒に紗江子がついてきた。そして、子供が使っても危険はないのか、と店の主人に尋ねたのである。紀彦は、知り合いの店主が、大丈夫だと言ってくれるよう願った。主人は、この子なら大丈夫ですよ、と笑ったのである。

ハンダ鏝は、使い方を誤ると大火傷《おおやけど》をする危険な道具だから、今だったら子供に触らせるようなことはしないだろう。現に、紀彦は一度うっかり電気を切り忘れた鏝に触ってしまい、酷い水ぶくれを作ったことがある。このときも、紗江子は叱ったり、道具を取り上げるようなことはしなかった。ただ、それは貴方の手ですよ、と言っただけだった。

ラジオというのは、電波を受信する装置である。次に作りたくなったのは、電波を発信する装置だった。最初はワイヤレスマイクの類を自作したが、その程度では満足できない。もっと遠くまで電波を飛ばしてみたい、と考えるようになった。しかし、本を読んだところでは、強い電波を出すことは法律で禁止されていた。免許を取得して決められた周波数に限って発信することができるらしい。そこで紀彦は、勉強をしてその免許のための国家試験を受けることにした。図書館で見つけた本に受験のし方が書いてあったので、そのとおり申し込みをし、試験会場へも日曜日に地下鉄に乗って出かけていった。こういうことを、紀彦は親に黙ってした。相談したいわけでもないし、きかなければならない疑問点があったわけでもない。援助が必要な事態とも思われない。やってはいけない悪いことでもないから、叱られるはずもない。そんな自分なりの判断があったからだ。

試験会場は、工業専門学校の教室で、驚いたことに、受験をしにきているのは例外なく大人ばかり、子供は一人もいなかった。それでも、試験問題はさほど難しくなかった。一番苦労をしたのは、問題文を読むこと、漢字を読むことだった。だいたいの専門用語は、読み方などわからず、その文字の形で覚えていた。

合格通知の葉書は、ちょうど玄関の前で紀彦が遊んでいるときに、郵便配達の人が持ってきた。

だから、母に知られることもなく、ポケットに仕舞うことができた。結果は思ったとおり合格だった。ただ、試験に合格をしても、免許証の申請をしなければならない。そうして初めて電波を出すことができるのだ。

この申請のために、役所で幾つかの書類をもらってくることと、数千円の申請費が必要だった。お金の方は、近々お年玉がもらえる時期だったのでそれで賄《まかな》える。だが、役所で書類をもらうことは子供でもできるだろうか、と不安に思った。

ところが、自転車で区役所へ行き、窓口で事情を説明したところ、簡単に書類をもらうことができた。社会の仕組みというのは、便利に整えられていて、わかりやすくなっているものだと紀彦は思った。それはまるで、母が整理した中から出してくれる空き箱みたいだった。

免許の申請書も自分で書き、封筒に入れてポストに投函した。あとは待つだけだ、と楽しみにしていたのだが、数日後、学校から帰ってきたら、紗江子に呼び止められた。

電波監理局というところから電話があって、呼び出されたというのだ。紀彦が書いた申請書に不備があって、書き直してほしい、と言われたらしい。また、本来ならば、申請費は為替《かわせ》にして同封しなければならないのに、現金が封筒に入っていたので注意されたという。為替という単語は、確かに見たけれど、読み方も意味もわからなかった。漢和辞典で調べたのだが、そこにある説明でも理解できなかったのである。

こうして無線技士の資格を取得したことが母にばれてしまった。でも予想していたとおり、叱られるようなことはなかった。免許には年齢制限もなく、未成年は親の承諾が必要だといった条件もなかったのである。

紀彦が黙ってしたことで母から叱られたのは、一例しかない。それは、小学二年生のときに、自転車で二十キロも離れたところへサイクリングに出かけたことについてだった。図書館で道が全部描かれている縮尺の地図を見ていたら、幼稚園のときに住んでいたところを見つけたのだ。距離は直線で二十数キロだった。自転車の速度は人間が歩くよりは速い。人間は時速四キロで歩くとなにかに書いてあった。歩いていけば五、六時間だが、自転車ならば半分の三時間で行けるのではないか、と計算したのである。日曜日に友達と一緒に公園へ遊びにいくと話して、紗江子に弁当を作ってもらった。それを持って一人、自転車で出発した。

まず二十キロといっても、それは大都会を端から端まで横断する旅だった。したがって、ほとんどの道は交通量の多い幹線道路、賑《にぎ》やかな繁華街の大通りである。多くは歩道があったものの、段差があって乗り上げるのがいちいち大変である。だから、だいたいは車道の端を走った。

ところが、子供用の小さな自転車だったためか、出発してすぐにパンクをしてしまった。しばらくそのまま走ったけれど、どうにもペダルが重くなってしまった。諦めて引き返そうかと考えていたところ、ちょうどそこに自転車屋があったのだ。朝の開店時間でシャッタを上げたところだった。

その店の人にパンクを直せませんかと尋ねると、すぐに調べてくれた。釘が刺さっているのが見つかり、原因は明らかだったから、簡単に修理できるよ、と親切に言ってくれ、お願いもしていないうちに、店先で自転車のタイヤを外し始めた。お金を五百円くらいなら持っていたので、それで足りるだろうか、と紀彦はどきどきして待っていた。修理をしている間に、どこから来たのか、という話になり、家がずいぶん遠くなので驚いた様子だった。しかし、まだ先は長いのである。心配させてはいけないと思って、行き先のことは黙っていた。二十分くらいで修理が終わった。いくらですかと尋ねると、無料だという。どこまで行くのか知らないが、気をつけて行きなさいと笑顔で言う。

大人というのは親切なものだな、と紀彦は思った。こちらが礼儀正しくしていれば、向こうもちゃんと応対してくれる。そういうのが社会のルールになっているようだ。

その後はトラブルもなく、片道を四時間ほどかかって目的地に到着した。小さいときにいた借家もそのままあったし、通った幼稚園も変わりはなかった。知り合いに会ったら恥ずかしいな、と思ったけれど、幸い誰にも会わなかった。

目を瞑《つぶ》って歩いていたら落ちて大怪我をした用水路は、記憶していたほど大きくなかった。粉末ジュースを買うために行ったことのある店は、案外すぐ近くだった。そういったことを確かめ、川原でおにぎりを食べてから帰ることにした。

帰りの方が時間がかかった。これは標高に差があったためで、帰りの方が上り坂が多かったのである。夕方になってしまい、少し暗くなっていた。

帰宅すると、玄関に母が待っていて、どこへ行っていたのか、ときかれた。遅くなっても帰ってこないので、一緒に行っているはずの友達の家へ電話をかけたらしい。嘘がばれてしまった。紀彦が正直に話すと、それ以上は叱られなかった。一番いけないのは嘘をついたことだと言われた。では、正直に言っていたら許可してもらえたのか、と恐々尋ねると、母は少し考えてから、首をふった。子供が一人でそんな遠くへ行くのは危険だ、親としてそれは許可できない、と言う。それはもっともだと紀彦は思ったので、二度とそういう無謀なことは黙ってしないと約束した。

これについては、帰宅した父からも、やはり注意を受けた。自転車は二輪だから、いくら自分が気をつけていても危ないというのが彼の意見だった。無事に帰ってこられたから、それですべてが許されるわけではない。同じことをすれば、次は不運が訪れるかもしれない。大人になれば自分の勝手だが、子供の間は、お前の躰は半分は母親のものだと思いなさい、と言われた。その理屈もわからないではなかった。

当然ながら、死んだ兄のことが両親の頭にはあっただろう。二度と子供を死なせたくない、という切実さ、緊迫感が両親の表情に窺《うかが》われたはずである。当時はもちろん、紀彦はそこまで思い至らなかったけれど、親というものはこんなに子供のことを心配するのだ、と認識するには充分だった。できるだけ心配をさせないように気をつけることが、子供としての責任だと思い知ったのである。

それでも、紀彦はその後も両親に心配をかけ続けた。まず、彼は怪我が多かった。遊んでいて大怪我をして、血まみれになって帰ってくることが何度かあった。そのたびに、紗江子が真っ青になって病院へ連れていってくれた。成人するまでに、躰中で合計二十針くらい縫っている。腕を骨折したこともある。全部不注意といえば不注意なのだが、紀彦としては、これは怪我をするだろうか、と思ってもやらずにいられない、一度は試してみたい、という好奇心からだった。ガラスを蹴って割ることができるだろうか、土管の中へ滑り込むことができるだろうか、ということを実験したかったのである。もし失敗しても死ぬようなことはないだろう、と考えてのことだった。

万が一死んでしまったら、自分は悲しくはない。悲しいと感じることもできないのが、死んだ状態だと理解していた。けれど、母と父は悲しむ。それだけは避けなければならない。しかし、怪我をした場合には、痛いのは自分だけであって、両親に直接の害は及ばないはずだ、というような勝手な理屈が紀彦にはあったのである。

また、紀彦は躰が弱く、しょっちゅう病気になった。学校を休むことも多く、入院をすることもたびたびだった。入院で一番長かったのは二カ月くらいだった。何の病気なのかわからない。大人が教えてくれないだけかもしれない、と紀彦は考えた。たぶん、自分はこの病気で死ぬのではないか、とも思えた。そういうときでも、特に憂鬱《ゆううつ》にはならず、悲しくもなかった。

誰だっていつかは死ぬのだ、ということを紀彦は知っていたのだ。それは、母も父もたびたび口にすることだった。いつ死ぬかわからない。死とはそういうものだ。だから、明日死ぬかもしれないと思って、今日を過ごしなさい、とも教えられた。

言われたとおり、そういうふうに考えると、長くかかってやり遂げるようなプロジェクトにチャレンジしにくくなる。計画の途中で自分が死んでしまうかもしれないなどと考えていたら、やる気が失せてしまう。だから、できるだけ集中して短い時間で達成できるようなものを選んだ。紀彦は、つぎつぎと新しいことをして、どんどんほかのものへ気が移った。その根底には、自分はきっと長くは生きられないだろうという予感があったのである。

理由はわからないが、それはとても確かな予感だった。

のちになって振り返ると、結局は両親が抱いていた不安を、そのまま素直に受け止めた結果だった。両親の目に焼きついていた兄の残像が、紀彦に転写されたものだったといえる。

Chapter 2 the Aidas method

「みんな覚えていましょう」と、リー先生はいいました。「そして覚えたことをいつかだれかに話してあげましょう。むかしの動物のことを、空の下星の下、草原に住んでいた、もうとうに死んでしまった動物のことを」リー先生はしっかりと少年の手をにぎりしめました。「あそこにわたしたちはいたんですよ」吹く風、いぶく大地、燃える星。「あそこにわたしたちはいたんですよ」

1

紀彦は就職とほぼ同時に結婚をした。実家からも遠く離れた街で社会人としての生活がスタートした。すべてが新しく、そしてすべてを自分の力で一から築かなければならなかった。だが、それは彼にとってはごく当たり前のことだと認識されていた。子供の頃からそうなるものだと想像していたからだ。ただ、少しだけ違っていたのは、自分一人ではなかったことだった。

結婚したので一人ではない。二人で生きることは、お互いの歩み寄りが必要ではあるけれど、効率は一人のときよりも良好である。たとえば、二人だからといって生活費が二倍になるわけではない。二人のうちどちらかがやれば、もう一人はしなくても良いことが多い。だから、一人の場合よりは楽になる。もともと、人間が集団を形成するのは、この効率を高めるためだったのだ。

結婚して二年後に男子が、三年後には女子が誕生し、家族は四人になった。特に計画をしたわけではなかったが、自分が育った相田家と同じ人数、同じ構成になった。

両親が訪ねてくることは一度もなかったし、また、紀彦自身仕事が忙しかったので、実家に帰ることもほとんどなかった。滅多に電話をするようなこともなければ、もちろん手紙を書くような習慣もない。秋雄も紗江子も、息子が独り立ちしたことに関しては、ほっとしていたようだったし、ようやく手が離れたのだから、これ以上もうしつこくつき纏《まと》うことは控えよう、と考えているようだった。孫に対しても、世間一般で見られるように強い関心を示すような様子もなかった。たまに連れて帰れば、可愛がってくれたけれど、孫の顔を見たいといった言葉は聞いたことがなかった。

秋雄と紗江子の関心は、既に紀彦の妹、英美子《えみこ》の方に移っていたのかもしれない。彼女はまだ地元の大学に入学したばかりだった。この娘を無事に嫁《とつ》がせることが自分たちの次の仕事だ、と二人は考えていたようだ。紀彦たちはもう相田家を出ていった人間であって、たとえ孫であっても既に家族ではない。もう一度幼い子供の面倒を見るなんてことは勘弁してもらいたい、といったふうにも見えるのだった。

そんな両親の態度が、紀彦の目にはごく自然に映ったのも確かだった。あの人たちはそういう人だ、と紀彦はよく承知していた。なにしろ二十年以上も一緒に暮らしていたのである。しかし、紀彦の妻になった智紘《ちひろ》には、どうしても理解ができなかった。

智紘と紀彦は恋愛をして結婚した。紀彦がこの人だと決めて、結婚してほしいと打ち明けたら、智紘はすぐにOKをした。お互いの気持ちは確かめられたが、紀彦はまだ成人したばかり、智紘は未成年だ。二人は若かった。常識的に考えて、親の承諾を得る必要があるように思われた。二人でいろいろ話し合った末、まず智紘の親に対して紀彦がお願いにいった。智紘の実家は遠く、車で半日かかる距離である。意外にも、智紘の両親はあっさり歓迎してくれた。よろしくお願いします、という返事だった。

この時点で、まだ紀彦は大学の三年生、智紘は一年生だった。いずれにしても、すぐに結婚をすることは難しいだろう。二人とも学生なので、それぞれの親の臑《すね》を齧《かじ》っている身分である。けれども、結婚を決め、相手の両親とも約束をしたからには、やはり自分の親に黙っているわけにはいかない、という判断から、紀彦は両親に相談することにした。

するとと予想どおり、学生のうちは駄目だ、大学を卒業してからにしなさい、という返答だった。これを言ったのは、秋雄の方だった。さきに話した紗江子は、はっきりとした返答をしなかった。お父さんに相談してごらんなさい、とだけしか言わなかったのだ。特に困ったという顔でもなかったし、怒ってもいなかった。もちろん、祝福の笑顔というわけでもなく、ああ、貴方はそういうことを言いだす年齢になったのね、とでも言いたげで、諦めたように小さな溜息を漏らしただけだった。

大学はあと一年少しで卒業になる。しかし、紀彦は大学院へ進学するつもりでいたのである。そうなると、さらに二年、もしそのうえの博士課程にまで上がれば、さらに最低三年間は学生の身分のままだ。そんなに長い間待ってもらえるだろうか、という心配が紀彦にはあった。そのとおり智紘に話してみると、案の定、何年も待つなんて信じられない、と怒ってしまった。

また車で出かけていって、智紘の両親に学生の間は結婚ができないので、もうしばらく待ってもらいたい、というお願いをすることになった。今にして思えば、律儀すぎる話ではあるが、紀彦は、大人の世界ではこういった契約というのか、誠意を態度や言葉で明確に示すことが大切なのだと考えていたのである。

結局、紀彦と智紘は同棲することになった。智紘が、それならば譲歩できると言ったからだ。これは智紘の両親には許可を得たことだったが、紀彦の両親には内緒だった。べつに質問されていないので、嘘をついたわけではない。結婚しているわけではないので約束を破ったことにもならない。親に面倒や余分な負担をかけるものでもない。したがって、紀彦の理屈ではこの解決法が最善であり、大きな障害も見つからなかった。

二人は三年間同棲したのち、紀彦が大学院を修了してすぐに結婚をした。紀彦は博士課程には進学しなかったが、それは運良く研究職のポストに空きができ、就職が決まったからであった。就職と結婚と引越が同時だったので、新婚旅行などにいく余裕はなかったものの、いちおう結婚式は挙げた。秋雄はモーニングを着たし、紗江子は和服だった。こぢんまりとした規模の披露宴で、親戚も半分くらいしか出席しなかった。

偶然だが、結婚相手の智紘の家も、相田家とよく似ていた。智紘の両親も、ほとんど親戚づき合いをしない人たちで、それぞれの実家からも遠く離れていた。若くして結婚をし、共稼ぎで二人の娘を育ててきた。その妹の方が智紘である。姉よりも早く結婚することになり、しかも何百キロも離れた地へ嫁ぐことになったのである。

ただ、三年間も一緒に暮らしていたので、二人にとっては特に目新しい生活ではなかった。紀彦は就職をしたわけだが、仕事は研究であり、大学院生のときと大差のない環境だった。どちらの実家からも遠い、まったく見知らぬ土地ではあったけれど、家庭も職場も以前とほぼ同じ環境といえる。同棲しているときには、やや窮屈な部屋で暮らしていたが、そこでは二間とキッチンがある借家を借りることができた。また、子供ができたとわかったので、二年後には賃貸のマンションへ引っ越した。こちらは４ＬＤＫだった。あっという間に一人前の生活になった気分が紀彦にはあった。

もっとも、紀彦の給料は安く、その点では智紘はずいぶん苦労をした。子供のために買いたいものが多々あったけれど、我慢をしなければならなかった。服などはほとんど自分で作って用意をした。子供が生まれたあとは、同じマンションの若いお母さんたちと自然に交流ができたが、みんなが一緒に喫茶店へ行くようなときにも、智紘はついていくことができなかった。そんなお金がなかったのである。

紀彦は研究に没頭し、家に帰るのは深夜のことだった。土日も祝日も、盆も正月も仕事場へ出かけていった。幸い、住まいは紀彦の仕事場に近く、歩いても二十分くらいの距離だった。上の子供が歩けるようになると、休みの日には、智紘はよく子供を連れ乳母車を押して、紀彦の職場まで遊びにいった。建物の外で子供たちを遊ばせていたのである。

さて、紀彦の両親は、今一つ孫を可愛がらなかった。紀彦の目には充分可愛がっているように見えるのだが、智紘にはそうは見えなかったのだ。どちらかというと、相田家の老犬の方が人間の子供よりも優先されていた。この老犬というのは、かつて紀彦に噛みついて怪我をさせたテリアである。

素直に感じたことを智紘は紀彦に訴えたが、彼は相手にしてくれなかった。そんなことはない、それは思い過ごしだ、と紀彦は断言するのである。

そう言われてみればそのとおりかもしれない。孫ができれば、祖父母というのは大歓迎してくれるものだ、と彼女は思い込んでいたのである。振り返ってみれば、自分の両親たちもそれほど孫に思い入れがあるようには見えなかった。さらにまた、夫の紀彦でさえ、自分の子供に熱中するということはない。自分一人だけが子供に夢中になっている状況に、彼女は孤独を感じたのである。

たとえば、男親というのは、もっと子供に首ったけになるものではないのか。テレビのドラマや漫画や小説などでは、そういうふうに描かれている。それはたとえば、娘の結婚式に感激して涙を流す父親みたいなもので、ある種捏造《ねつぞう》された虚像なのか。実際には、自分の父親もまったくそんなことはなかった。あれは、ドラマティックに誇張して描かれているものかもしれない。しかし、初めての子供、初めての孫であれば、もう少し大切にされても良さそうなものだ。それに、この子供を産んだ自分の苦労が、充分な評価を受けていないように、智紘にはどうしても捉えられるのだった。

もともと、智紘は子供が好きではなかった。結婚するときに、子供は産まないよ、と紀彦に言った。彼は、それで良い、と簡単に答えた。そういう二人だった。ところが、実際にできてしまったので、しかたなく産むことを決意した。そして生まれてきた子を一目見たら、もう天使のようで、びっくりするほど可愛かった。はっきり言って、自分がここまで子供に愛情を持てるとは想像していなかった。きっと薄情な母親になるだろう。理性でカバーしなければ、と自分に言い聞かせていたのに、これほどの変化が自分に訪れるとは思ってもみなかったのだ。これが母性本能というものだろうか。そうではない、実際に自分の子供は特別なのだ、と彼女は信じた。こんなに可愛い子はほかにはいないだろう、と。

しかし、紀彦にそれを話すと、彼は冷静な受け答えしかしなかった。そう見えるだけだ、それは一時的にそういうふうになっているのだ、あまりのめり込むと親馬鹿に見られるから注意をした方が良い、と言う。そんな夫の冷め方が、智紘は大いに気に入らない。自分自身が軽んじられているようにさえ思えるのだった。

紀彦は、自分の両親は普通だと主張する。しかし、智紘には、自分が気に入られていないと感じるのに充分な細かい事例が集まりつつあった。夫も変わっているが、あの実家の両親はもっと変わっている。普通ではない、異常だ。

紀彦の親だけではない、自分の親も変だ。娘が産んだ子供なのだから、もう少し愛情をもって接してもらいたい。それくらい、人間としてごく常識的なことではないか。彼女はそんなふうに考えた。

そういった両家に対する不満は、しかし遠く離れていたこともあって、大きくはならなかった。二人は、二人だけで子供を育てる以外に道がなかった。二人めが生まれた直後が、育児が一番大変だった。年子だったので、上の子もまだ小さい。ちょうど目が離せない時期でもあった。ただ、年子故に短期決戦になったことは、智紘にとっては幸いだった。長期戦になる方がずっと嫌だった。今だけだ、もう少しの辛抱だから、と我慢ができたのだ。たとえば、二歳とか三歳離れて、つぎつぎに子供が生まれる方が大変に思えたのである。

幸運なことに、子供たちはどちらも元気に育ってくれた。聞き分けが良く、子育てに関しては悩むようなこともなかった。紀彦は仕事をしていれば良い、自分が愛情を注いで立派に育てよう。それが自分の使命だろう、と彼女は考えた。

紀彦の子供に対する無関心さは、やや度を越していた。たとえば、子供を連れてどこかへ遊びにいくことなど、まったく頭にない。自分が行きたいところへ行く。それだけである。子供たちが幼稚園に上がっても、紀彦が幼稚園内に足を踏み入れたことは一度としてない。学芸会も運動会も、智紘は一人で観にいった。ほかの家は夫婦で来ているところがほとんどだったのに。

そういった不満を紀彦に話すと、自分の父親もこうだった、と彼は説明した。自分は父親を尊敬している。子供のためにサービスする親が子供に尊敬されるわけではない。自分の仕事に熱中することの方が大事であり、それこそが子育ての基本だ、と紀彦は力説した。

そういう理屈を言われると、智紘には言い返せなかった。そのとおりかもしれない、しかし、そうではないとも感じるのである。つまり、理屈だけが全面的に通るものだとは、どうしても思えないのだ。感情的だといわれればそれまでだが、人間というのは感情で動いているものではないか。そう言い返すのがやっとだったが、紀彦は首をふって、感情ではない、人間は理屈で生きている、と言う。そうならなければ動物的であって、人間的ではない、と。

言葉は確かに正しそうだ。でも、それはただの言葉ではないか。気持ちの問題が、言葉だけで解決できるだろうか。智紘はそう思うのである。

こうした紀彦の物言いは、そのまま彼の両親に共通するものだった。たまに実家に帰ると、義母からは、子供を育てるときの注意点をとうとうと聞かされる。紀彦を育てたときにはこうだった、こんなことがあったから参考にしなさい、という話である。まるでその育て方が大成功だったと言わんばかりだ。

貴女のその育て方が少し間違っていたのではないか、だから、ああいう変わった人間ができたのではないか、と言いたかったのだが、もちろんそんなこと言えるわけがない。とにかく、そうですね、そうですねと笑って聞いていなければならないのである。

一方、義父の方はといえば、ただ椅子に座って新聞を読んでいるかラジオを聴いているだけでなにも言わない。子供をしばらく見ていることはあっても、話しかけたり遊び相手になったりはしない。子供に触れるようなことも少ない。むっとした機嫌の悪そうな表情に見える。煩いから早く連れて帰ってくれ、と言われているように感じるのだった。

そういう自分の感想を、智紘はできるだけ正直に紀彦に話すのだが、彼は、それは単なる思い過ごしだ、君の妄想《もうそう》にすぎないと言う。疲れているから、そういう悲観的なものの見方をしてしまうのではないか、と意見をされる。慰めてくれるようなことはなく、間違いを指摘されるだけなのだ。

この点では義母の紗江子とまったく同じだった。この一家は、人を励ましたり、褒めたりしない。慰めることもない。愚痴のようなことを零《こぼ》してしまったときには、そうだね、そうだねと頷《うなず》いてくれれば、こちらも気が済むというもの。しかし、相田家では絶対にそうはならない。なにか理屈を持ち出し、ここが原因かもしれないからここを改めてみてはどうか、と意見をされる。

つまり、今の貴女に問題がある、と指摘されていることに等しい。そんなことはわかっている。わかっているのだけれどどうしようもないから落ち込んでいるのではないか、と智紘は思うのだ。

義母に直接それを言うことはできないものの、紀彦には実際にそのとおりに言い返したことがある。しかし紀彦は驚いたという顔で、「わかっているのなら、どうしようもないということにはならない。わかっているところを改めるべきなのでは」と言われてしまうのだった。

正論である。言っていることは何一つ間違っていない。ただ、どうしようもなく冷たいのである。そういう冷たい血筋なのではないか、というのが智紘が確信するところだった。

それでも、相田家の人々が誠実であることはよくわかった。感情ではなく理屈に従って生きているというだけで、けっして悪意があるわけではない。嫁のことを彼らなりの方法で大事にしてくれているのも、なんとなくわかった。そのように解釈できなくもない。また、彼らの価値観をこちらに押しつけてくるようなこともなかった。貴女の好きなようにすれば良いのよ、という言葉を何度かけられたことか。最初は、勝手にしなさいという皮肉だと智紘は思った。でも、そうではない。この人たちは皮肉など言わない。思ったとおりのことをそのまま言葉にするだけなのだ。少しずつそういうこともわかってきたのである。

いずれにしても、夫の両親と遠く離れて暮らすことになったのは、智紘にとっては幸運だった。自分の実家から出られたことも幸運だったと考えていたので、夫と子供二人、自分たちの家族だけで楽しく暮らしていければそれで充分だ、そう考えた。

けれども、それをまた紀彦に話すと、彼はふっと息を吐いてこんなことを言ったのである。

「それはどうかな。僕たちの子供だって、あと十数年もすれば大人になって、今君が言ったとおりのことを考えるんじゃないかな。きっと、僕たちから離れて自分たちの家族だけで楽しく暮らしたいって思うよ。それが自然だよね。だから、君の幸せの中に、子供たちを入れることはどうかなと思う。それはやっぱり、エゴじゃないかな」

2

紀彦の妹、英美子は、兄が結婚して遠く離れてしまったあとさらに五年間、この少し変わった両親と一緒に暮らした。紀彦と彼女の年齢差は五年だったので、兄妹は同じ二十四歳で結婚をしたことになる。英美子は地元の大学を出て、同じ市内の会社に就職したが、二年間勤めたところで結婚のために退職した。結婚相手は、友達の結婚式で知り合った男性だった。兄が引っ越していったのとは反対方角の、さらに遠方の街へ嫁いだ。

英美子は、ずっと相田家では子供扱いだった。兄とは歳が離れていたし、また性格も穏やかで、ぼんやりといっても良いほどおっとりしていた。これは秋雄にも紗江子にも似ていない。もちろん紀彦にも似ていなかった。紗江子に言わせれば、彼女の若死にした母からの隔世遺伝だという。

紗江子は、娘にいろいろなことを習わせた。日本舞踊、茶道、ピアノ、バイオリンといったいわゆる嗜《たしな》みの類で、それが英美子の趣味というわけではない。このうち一番長く続いたのは日本舞踊で、最終的に名取《なとり》にまでなった。なにか身につけていれば、将来自立することができる。女もこれからは経済的に自立しなければならない時代にきっとなる、というのが紗江子の主張だった。したがって、大学を卒業しても、花嫁修業などさせることはなく、絶対に就職をしなさい、と強く言われていた。

この点に関しては、父の意見は少々異なっていた。秋雄は、女性は愛嬌があればそれで良い、というような昔ながらの考えだった。なにしろ大正生まれなのだから無理もない。英美子にも、無理に働くことはない、それよりも早く結婚しなさい、と言った。そうは言っても相手がいなければ結婚はできない、と高校生のときの英美子は思っていたが、大学生になると、つぎつぎと縁談が舞い込んだ。秋雄がどこからともなくそういう話を持ってくるのである。父は本気で言っていたのだ。早く結婚してこの家を出ていかなければならない、と英美子は慌てて認識したのである。

父は結婚しなさいと言い、母は仕事を続けて自立しろと言う。いずれにしても、この家でのんびりしていることは許されない、という空気が濃厚だった。そうでなくても、兄が出ていってからというもの、両親の相手を一手に引き受けていた英美子である。少なからず嫌気が差していたのもまた事実だった。できることならば家を出ていきたい、という気持ちは強くなっていた。しかし、自分一人だけで生活をするのはいささか自信がない。いろいろ面倒なのではないか。少し想像しただけでも、それくらい予想ができた。

母の紗江子は働き者で、家事をすべて一人でこなしている。隙がなく、英美子には手伝わせてもらえなかった。紗江子は、英美子に料理をさせなかったのだ。女だからそれくらいしなければ、などと安易に考えてはいけない、小さくまとまるのではなく、もっと大きな人間になりなさい、と言われてしまう。そういった母の方針も家にいにくくなる要因の一つであったけれど、これまで家事を何一つしてこなかった自分が、はたして家を出て一人暮らしができるのかという不安を抱いたのも、やはりその方針のせいだった。

大学を出て、時間が経過するとともに、家を出たいという気持ちはますます高まり、独立して暮らしてはいけないという不安は何故か理由もなく減少した。まあ、なんとかなるのではないか、と思えるようになったのだ。それがつまり、年齢を重ねることだった。

実は、見合いをした相手のうち、紗江子が強く押していた人物が一人いた。見合いのあと、英美子は気に入らなかったので断ったのだけれど、もう少しよく考えてみたら、と珍しく母から注文がついた。その人物は、その後も何度か家に訪ねてきた。どこかへ旅行にいったので、英美子さんに土産を買ってきました、とだけ言い、玄関から上がることもなく帰っていった。英美子が応対したことの方が少なく、あとになって母から聞く場合の方が多い。これがずいぶん長く続いたので、このままではあの人と結婚することになるのではないか、という不安が少しずつ大きくなった。かといって、彼のどこが気に入らないのか、ということを具体的に言葉で、つまり理屈で説明することは英美子にはできなかった。その理屈がないために母は納得しないのだ、ということもわかっていた。

英美子は、兄にこういったことで相談を持ちかけたことはない。家族の中では、父と兄は、よく似たポジションにある存在で、どちらも母以上に理屈屋だった。母も理屈っぽいが、それでも同性であるし、少しは気持ちが通じるところがあった。一番長く接しているのも母だった。したがって、母にさえわかってもらえないものが、父や兄に通じるとはとうてい考えられなかったのである。

幸いにして、恋愛のバイオリズムが、家から出たいというバイオリズムと重なって、結婚をする気になれた。もしかしたら、両親は反対するかもしれない、という一抹の不安はあったものの、思い切って話を持ち出してみると、意外にもあっさりとした反応で、話はとんとん拍子に進んだ。兄の紀彦などは、あ、そう、良かったね、と言っただけで、相手がどんな人なのかさえきかなかった。ほとんど関心がなさそうだった。

英美子の結婚相手は、予備校で国語を教えている教師だった。性格は明るく、それは明らかに相田家にはなかった要素だった。理屈もなく声を上げて笑えることが、今までの冷めた世界にはない温度を彼女に感じさせたのである。

秋雄と紗江子は彼女に、頻繁に帰ってこないように、と結婚のときに注意をした。これからは向こうの家が貴女の家になる、向こうの両親が貴女の親なのだから、なにごともそちらを優先しなさい、ただ、どうしても我慢ができなくなったときは、いつでも戻ってくれば良い、と言った。

この言葉は、相田家らしく社交辞令ではなかった。その証拠に、兄の部屋はすぐに母の納戸と化してしまったが、英美子の部屋は、長くそのまま保存され、たしかにいつでも帰れる状態になっていた。もしかして、両親は本当に離婚がありえると考えていたのかもしれない、と英美子は思ったほどだ。

結婚後、英美子は一度も働きに出ていない。四年後に双子の女子を出産した。その後の子育てが大変だったものの、大きなトラブルもなく、幸いにして離婚することもなかった。また、両親の言いつけどおり、実家に帰ることは滅多になかった。夫や子供を連れて盆と正月に戻り、一泊する程度である。

紀彦と英美子は、遠く離れて暮らしていることもあって、会う機会は滅多にない。電話で話をするようなこともない。年賀状を交換するくらいが唯一のコミュニケーションで、お互いの家で子供が成長していることを年賀状の写真で確認するだけだった。

こうして英美子が去ったあと、相田家は秋雄と紗江子の二人だけになったが、初めの頃にはテリアが一匹いた。その犬は紀彦が中学生、英美子が小学生のときからいたので、既に老犬だった。名前はプッチという。犬が好きなのは紗江子の方で、秋雄は動物があまり好きではない。食事を与えたり、散歩に連れていったり、世話をするのはすべて紗江子の役目である。飼い主に似たのか、プッチは気性が激しく、人見知りする犬だった。いつも玄関のガラス戸の内側にいて、外の往来を眺めていた。

相田家の玄関は、商売の関係で事務所と兼用になっていたので、普通の住宅よりは玄関そのものが大きい。入ったところに小さなカウンタがあって、客が二人座れるように椅子が置かれていた。もっとも、建築業というのは流れの客が突然入ってくることはないし、商談の場合は秋雄が出かけていくのが普通だ。事務所に訪れるのは、下請け業者が打合せにくる程度のことであり、接客の機能は本来ほとんど期待されていなかった。

その店にこの犬がいて、ガラス戸に人が近づこうものなら、猛烈に吠え立てるので、客は入ろうにも入れない。このプッチの吠える声がチャイムの代わりになっていて、秋雄か紗江子が奥から出ていく、というシステムだった。

プッチは、玄関にいないときには、家の中を通ってキッチンの出口から裏庭に出してもらっていた。庭は周囲を塀で囲われているから、逃げ出す心配はない。通りにも面していないので、通行人に吠えることもないから安心だった。

隣の土地は長く空き地だったが、そこに家が建つことになった。このとき、庭からプッチが工事をしている人に吠えた。できるだけ庭に出さないように気をつけていたが、あるとき執拗《しつよう》に吠えるプッチを紗江子が呼び戻しにいくと、工事をしている職人が、プッチに対して「煩いぞ、馬鹿」と叱りつける声が聞こえた。プッチはそれでますます吠えているのだった。

紗江子は頭に来て、玄関から回って隣の現場に抗議にいった。犬は自分の土地にいて、不審なものに対して吠えるのが仕事だ。それに対して、馬鹿とはなにごとか。煩いのはむしろそちらではないのか。犬とはいえ家族の一員である。子供が侮辱《ぶじょく》されれば親が怒るのは当然だろう。そういう理屈を捲《まく》し立てた。職人はもちろん、頭を下げて謝ったという。また、その日の夜に、建築会社の社長が菓子折を持って相田家に詫びにやってきた。

そのときには秋雄が仕事から戻っていて応対をした。いやいや、建築現場では周囲の住民となにかとトラブルがあるもの、お互いに大変ですな、という和やかな話になった。紗江子は家の奥でこの話を聞いていただけで店には出ていかなかった。お茶も出さなかった。まだ言いたいことはあったし、夫の対応にも不満を感じたけれど、自分が我慢すれば丸く収まることだと考えた。紀彦にあとでそう語ったのである。

ようするに、紗江子はあくまでも、この一件で自分は我慢をした、と認識しているのだった。客観的に見れば、彼女は我慢ができずに爆発してしまったわけだが、彼女自身にしてみれば、その爆発はプッチのための最低限の擁護でしかない。これは、ほかの事例でもまったく同じで、幾度も繰り返された。彼女は最低限の防御をまずして、そののち自分だけが我慢をすれば済むと抑制する。外部からみれば、堪《こら》え性のない人に見えるのだが、彼女は自分を我慢強い人間だと評価しているのである。

プッチは獰猛《どうもう》で、家族はよく怪我をした。最も酷かったのは、紀彦の四針の傷だったが、紗江子も生傷が絶えなかった。新聞配達人と郵便配達人には大いに恐れられていた。しかし反面、非常に賢い犬でもあり、ただ名前を呼んでも来ないが、あられをあげるから来なさい、と言えば、すっと立ち上がってやってきた。気に入らないことに対しては抗議をするし、納得をすれば人間に従った。なにか彼なりの理屈があるように見受けられた。

夜は座敷の炬燵の布団で寝ていた。炬燵の布団がテーブルに上げて片づけられていても、プッチは自分のために布団を引っ張り出して使った。階段を上がって二階へも行く。家のどこへも出入り自由だった。自分の食器に水がなくなった場合には、風呂の戸を開けて水を飲もうとした。

実際に飲むわけではない。風呂場の戸を開けると、紗江子が気づいて水を入れてくれることを知っていたからである。

紀彦が幼い子供を連れてくるときには、プッチは首輪をさせられ、紐で柱につながれた。紀彦の子供たちはこの犬を怖がった。なにしろ、秋雄も紗江子も、危ないから絶対にプッチに近づいてはいけないと何度も注意をしたからだ。

プッチは十五歳を超えた頃には耳が聞こえなくなっていたし、最後は目もよく見えなかったようだった。それでも、ご飯をきちんと食べたし、気に入らないことに対して低く唸ってみせた。そして、最期は自分のベッドで眠るように死んだ。その朝はご飯を食べなかったのだが、夕方にはもう動かなくなっていた。

このときばかりは、紗江子から紀彦に電話がかかってきた。紗江子はプッチが死んだことを伝えたかっただけだったようだ。だが、紀彦は不在で、電話に出たのは智紘だった。最期がどんなふうだったかという話を簡単にしただけで紗江子は電話を切った。紗江子の目からは涙が止まらず流れ続けていたが、電話ではそれは伝わらなかっただろう。

一方、これを聞いた智紘も涙を流していた。帰ってきた紀彦にプッチの死を伝えたときも、彼女の目は泣いていた。だが、彼は、あ、そう、と頷いただけだった。食事のときには、よく生きたよね、と一言だけ呟いた。

紗江子は、プッチの葬式を挙げてやりたかったが、これには秋雄が反対をした。犬にそこまですることはないだろう、というのが彼の意見で、生きているうちに充分に可愛がったのだから、けっして恨むようなことはない、といった理屈だった。紗江子はこれに納得をし、プッチの亡骸《なきがら》は段ボール箱に入れ、市の火葬場まで持っていった。もちろん、車で運んだので、運転をしたのは秋雄である。秋雄はプッチには触らなかった。最期まで、世話はすべて紗江子がしたのである。

これで、本当に二人だけになった。

3

相田家の住居は、増築を繰り返したため、建てられた当初に比べると二倍以上の面積になっていた。一般の平均的な個人住宅としては、充分に広い方だった。家業が建築なので、仕事が暇なときに少しずつ改築、増築をしていた。クレームで返品になったドアやトイレの器具などを使っていたので、デザイン的にはややちぐはぐな部分があった。また、完成したときには税金がかかることになるため、土壁のまま仕上げていない部屋もあった。税務署が来たとき、このとおり未完成です、と見せられるようにしていたのである。

秋雄に、大きな変化はなかった。ひと頃に比べれば、商売は確実に低調になっていたが、自身の体力もこれと同様に衰えていたから、むしろちょうど良かった。彼は借金が嫌いだったので、商売上でも、それをほとんどしなかった。彼のこの堅実さが、商売をもっと大きくする上では障害となっていたのだが、不況になってみれば、明らかな吉《きち》と変わった。二人の生活のために必要な蓄えは充分だったし、もう子供たちのことで金もかからない。余生をのんびり暮らしていければそれで良い。あくせく働く必要はない。基本的に、やるべきことはもうないはずだ、というのが秋雄の考えだった。

実は、紀彦が就職をするまでは、もしかしたら息子が自分の商売を引き継ぐのではないか、という可能性があった。紀彦は工学部の建築学科へ進んだ。彼が進路を決めたのは、ちょうど秋雄が発作で倒れ入院をしたあとのことだった。息子の生き方については何一つ注文をつけたことはない。むしろ、商売なんてものは博打《ばくち》と同じだ、すすんでするものではない、と何度か紀彦には語ったことがある。そうはいっても、商売が好調のときには、ここまで築いたものを人に譲るのは惜しい、という気持ちがあったことは否定できない。できることならば、息子に跡を継いでもらいたい、そういった親としての当然の感情もたしかにあった。だが、それを口にすることはけっしてなかった。秋雄の人間としての道理に反していたからである。

紗江子と話し合ったことはないが、家の商売を息子が継ぐというのには、紗江子もまんざら反対ではない様子だった。彼女は、将来は息子と一緒に暮らしたい、と打ち明けたことがある。これには、秋雄は少し驚いた。そういうことを言う人ではなかったからだ。妻も歳を取って世間ずれしたのか、というのが正直な感想だった。

息子と一緒に暮らすというシチュエーションを、秋雄は考えたことさえなかった。自分もそんな経験をしていない。年寄りというのは若者にとって、目の上のたんこぶでしかないのだ。早く隠居し、できれば早く死んでしまうのが平和というものだろう、と信じていたのである。

不況の時代となり、商売がしだいに寂しくなってきたのは、息子が就職をしたあとのことだった。紀彦は国家公務員になったので、安月給とはいえ収入は安定している。結局はそれが正解だったのではないか、と秋雄はほっとしていた。これからの時代、個人の商売なんてものはことごとく淘汰《とうた》されてしまうだろう。いくら堅実な仕事をしていても、もう簡単に大儲けができるような分野はない。これまで上手くやってこられたのは、とにかく時代が良かったこと、そして、なによりも運が良かっただけだ。秋雄はそう考えていた。

息子が継がないと確定したこともあって、商売に対する情熱もすっかり冷めてしまい、新たな仕事を取りにいくことにも消極的になった。無理をすることは、むしろ危険だとさえ思えた。今までの得意先のメンテナンスや改築だけを請け負い、新築工事など、もう面倒になってしまった。そういう仕事が飛び込んできても、知り合いの業者に譲ってやることにした。

こういった秋雄の態度に対して、紗江子は批判的だった。まだそんなふうに隠居を決め込む年齢でもないだろう、というのである。紀彦も英美子も出ていき、犬も死んで夫婦二人だけになったとき、秋雄は六十を少し過ぎたところ、紗江子は五十代半ばだった。

六十といえば還暦である。昔ならば、完全に現役からは引退する年齢だ。秋雄は、自分がそんな年齢になるまで生きられるとはまったく考えてもいなかった。四十代のときに死にかけたし、自分の両親も若くして死んでいる。自分の体力から考えて、どう転んでも、あと十年生きられれば良いところだろう。だったら、今ある財産を食い潰していけば良いではないか。

毎日、絵を描いたり、本を読んだり、ときどき美味《うま》いものを食べにいく、そんな悠々自適な生活が、秋雄が頭に思い描いていた余生だったのである。しかし、現実は多少違っていた。既に油絵を描くような気力は消えていたし、目が悪くなったので本も読めそうになかった。文字を追っているだけで疲れてしまうのだ。だから、リビングで椅子に深く腰掛け、ぼんやりとテレビを見て過ごす時間が一日の大部分になっていた。まだ車の運転はできたので、ときどき紗江子を買いものに連れていってやるときくらいが、少ない外出の機会だった。

一方、子供の世話も犬の世話もなくなって、紗江子は以前よりも自分の時間を多く持てるようになっていた。秋雄よりは彼女はかなり若い。趣味の中心は短歌だったが、これに関連して古典の勉強を始め、それ以外にも沢山の本を読み、興味を引くものがあれば、入手できる資料を取り寄せてみたり、関係する文化教室に通ったり、専門家の講演を聴きにいったりもした。

紗江子は、自分の方が秋雄よりも長生きをすると考えていた。七歳も若いこともあるし、そうでなくても、女性の方が平均寿命は長い。秋雄が病気をしたことや、極端に痩せていることなどからも、そう思えた。彼は一日なにもせずに座りっぱなしのことがよくあった。そういう衰えた姿を見ると、情けなくなるのだった。

本当は二人で海外旅行くらいしたかった。紗江子が一番行きたいと思ったのはエジプトだった。息子と娘にも、それは話してある。しかし、親を連れていってくれるような暇は彼らにはなさそうだ。それはしかたがないことである。秋雄はといえば、まったくそんな気はない。旅行そのものが嫌いで、若いときに、温泉地へ小旅行をしたことが数回あったけれど、まったく落ち着かない。たとえば、乗る電車の時間が決まっていると、秋雄は一時間もまえからホームにいなければ気が済まない、そういう人だった。だから、どこへいっても、いつもさきを急《せ》かされる。紗江子がこれを見たい、あれが見たいと言っても、どうせ大したものではない、と首を横にふられてしまう。

紗江子は、短歌の仲間たちと一年に一度、一泊の旅行に出かけていた。これがとても楽しみだった。目的地はだいたい古い寺とか自然公園とかで、短歌を詠む題材を求める、という名目である。紗江子は、食べ物にはまったく興味がなく、いくら美味《おい》しいとは思っても、わざわざ食べるために出向くことなどできない性分だった。そもそも極端に小食だったし、酒もまったく飲めない。だから、旅行にいっても、夕食の時間は酷く退屈だった。友人と話を合わせることに少し疲れてしまう。そうではなく、もっと知らないものを沢山見て、知らない話を数々聞いて、それについて考える、そんな勉強がしたかった。

友達と旅行にいくことは、そこそこ楽しくはあったけれど、勉強という観点からすると無駄な時間が多かった。つまりは、他人に合わせなければならないからだ。いずれは、きちんと計画を立てて、自分一人だけで旅行をしよう、と密かに考えていた。そういうことを思いつくだけで、元気になれる。今は、秋雄の面倒をみているけれど、そのうちに自分一人になるときがあるだろう。子供たちにはできるだけ頼らないようにして、一人でしっかりと生きていかなければならない。そのための準備を今からすべきだ、と思うのだった。

紗江子は、特に自分の健康に気を遣っていた。既に母が死んだ年齢を自分は超えている。定期健康診断には毎年欠かさずに出かけていき、少しでも具合が悪ければ、すぐに医者に相談し、言われるとおりの薬を飲んだ。

それでも、若い頃に比べれば、疲れやすくなっていたし、勉強をしていても、つい居眠りしてしまうことが多くなった。目も悪くなり、躰のあちらこちらが痛かった。そういう話を秋雄にしても、医者に行きなさいと言われるだけだ。医者には既に行っているし、相談もしているが、こういった症状は、ある程度はしかたがありませんよ、と諭《さと》される。歳を取るということは、そういうもの。不具合はどんどん増えていく一方だ。ついにつき合いきれなくなったら、人生の終わりというわけである。一時的な改善はあるものの、けっして元に戻るようなことはない。

紀彦ともそんな話をよくした。紀彦は幸い元気そうで、最近は医者に行かないという。子供のときには病弱で、あれほど病院通いが絶えなかったのに、なにか体質に変化があったのだろうか、と紗江子は考えた。逆に、自分は若いときには病気をしなかったのに、最近はどうも具合が悪い。人間の躰というのは常に変化しているのだな、と紗江子は思う。紀彦が言うには、人間の成長というのは、十五歳くらいがピークであって、そのあとはもうどんどんと老化していくばかりだという。そうなると、人生の大半は失っていく時間ということになる。紀彦は、人間は長く生きすぎている。もともとはこんなに長生きする動物ではなかったはずだ、と話していた。

自分たちが育てた子供なのに、いつの間にかそういうことを言うようになった。あれは性格は秋雄に似ている。考え方もまるで生き写しだ。いつも冷静で動じることがない。実は短気なのだが、それを隠すためそう装っているのだ。秋雄は衰えたけれど、紀彦はまだこれから立派になるかもしれない。あの子の方が、なにごとにも熱心だ。その熱心さは自分に似たものにちがいない。

本当は、一人めの朋樹《ともき》の方が、紀彦よりも聡明だった。幼くして死んだけれど、顔を見れば、目を見れば、その聡明さは歴然としていた。二人めの紀彦は、茫洋《ぼうよう》として摑み所のない子供だったが、それでも彼なりに努力をしたようだ。よく頑張っているのではないか。あの子を見ていると、自分もまだまだ頑張らなければという気持ちになる。紗江子はそう考えていた。

体調が良く、やる気があるときには、紗江子はものの整理をした。部屋の荷物を分別し直して、収納し直すのである。そうすることで、今までよりも密度を高くでき、結果的にスペースが有効に利用できる。

通販で各種の収納容器を取り寄せ、改めて整理をし直してみたこともあった。けれど、それらを使うと、自分のやり方よりも効率が悪いことがわかった。それ以降、そういった既製品を使うことは潔く諦めた。やはり、中に収めたいものによって、最適な容器の大きさは違ってくる。ちょうど良い大きさの箱がないときには、紙袋を使ったり、あるいは箱をハサミで切って、ガムテープを使って修正をした。

どこに何を仕舞ったかということは、家計簿の日記の中に記録してあった。その日記は、結婚以来一日も欠かさず書き続けてきたものだった。一日に書ける面積は五センチ四方くらいの欄だから、小さな文字で詰めて書かなければ、足りなくなってしまう。鉛筆をよく削って、できるだけ小さな文字で書く。それでも、欄外にはみだすことがよくあった。

その家計簿と、短歌の推敲《すいこう》に使っているノートが、紗江子にとって最も大事なものだった。

ノートの方は、短歌以外にも、勉強をしたときの成果が記録されている。広告の裏に書き留めたものを、文章を直してから、最終的にそのノートに書き写しているのだ。源氏物語のことからエジプトの歴史まで、いろいろな情報がぎっしりと詰まっている。読み返している時間はあまりなかったので、ざっと眺めるだけだったが、過去の成果を実感できて嬉しかった。

なんでも少しずつ積み重ねていくことが大切だ。秋雄はそういうことができない。短気で一気にやってしまう方で、持続性がない。紀彦もどちらかといえば、そのタイプだろう。子供のときはそうだった。こつこつと長く続けることを、自分は教えたつもりだ。

紗江子は、秋雄の方が天才肌であり、才能もあり、能力も高いと評価をしていた。自分にはそういう才能がない。だから、努力をして、怠けずに前進する。そして、最後には自分のような努力タイプが報われるはずだ、と信じていた。それだから、子供たちには、そういう真面目な姿勢の美徳を教えたかった。怠けてはいけない、少しずつで良いから、いつも前を向いて、できるだけ前進しなさい、と。ただ、言葉にしてしまうと、あまりにも当たり前すぎて、あまりにも普通すぎて、単なる煩い物言いに響いてしまう。だから、できるだけ言葉ではなく態度で示し、また言葉にするときにも、機会を捉えて伝える必要がある。それには、常に緊張感を持って生きていなければならない。紗江子はそう考えていたのである。

紗江子は、だから、いつも緊張して生きてきた。それが彼女の生き方だった。

躰は華奢《きゃしゃ》で小さかったが、女だからと馬鹿にされてなるものか、と気が張っていた。眠くてついうとうとしてしまうことはあったけれど、気がつけば深呼吸をして、目を見開き、背筋を伸ばした。体力がないのはしかたがない。ただ、できるかぎりのことをしよう。そういう生き方は、絶対に子供たちにも伝わるはずだ、と紗江子は信じていたのである。

秋雄は若い頃には、凄まじい気迫があった。商売がどんどん大きくなったのは、彼のその瞬発力によるところが大きい。そして、現在こうして安穏と暮らせるのは彼のおかげであることはまちがいない。かけおちをして里を飛び出した手前、生活に困って実家に助けを求めるようなことはできなかった。また、長男が死んだことで、相田家のスタートは本当の意味で背水の陣となった。

もう一歩も引けないところまで追い込まれていたのである。

これを脱することができたのは、秋雄に明晰《めいせき》な頭脳と恵まれた才能があったおかげだし、それは紗江子にとっても誇りだった。けれども、今の秋雄にはその輝きがない。もともと飽き性で持続しない。切羽《せっぱ》詰《つ》まらなければ腰を上げない人だったのだ。

商売が好調の時期に、紗江子はもっとハイソサエティな生活を夢見た。彼女の父親は田舎では名士だったし、つぎつぎに新しい商売を起こしては成功し富を築いた。今は、その成功の遺産で紗江子の姉弟たちが暮らしている。しかし父亡きあとは、芳《かんば》しい発展というものは皆無だ。比較的上手くやっている者でも、なんとか維持している程度。そうでない者は、受け継いだ財をほぼ食い潰していた。それに比べれば、ゼロからのスタートだったのにもかかわらず、自分たちの成功は際立っている。負けん気の強い紗江子は、そのことで鼻が高い。

ところが、人生には勢いというものがあって、それはやはり若いときにこそ生じやすいものらしい。今の相田家は、もう終盤も終盤。商売は畳んでいるも同然といえる。紗江子の弟は、父親の家業を継いだ一人だが、このところ妙に羽振りが良さそうだ。おそらく、そういう物言いをする年齢になっただけだろう。秋雄だってまだ躰は元気なのだから、あそこまで消極的にならなくとも良いのではないか。

建て増しを続けてきた住宅だったが、いつかはビルにしてくれる、と紗江子は信じていた。そのときには、自分はもっと広い倉庫を手に入れて、今よりも効率良く、そして沢山のものを整理して仕舞っておくことができるだろう。孫たちが工作をするようになったとき、なんでもすぐに出してあげよう。取っておいて良かったね、と言われるにちがいない。

かつては、紗江子がちくりちくりと釘を刺すことで、秋雄は奮起し、やる気を出したものだが、このところは、なにを言ってもまったく効き目がなかった。かなり直接的に、半分喧嘩を売っているような言葉を浴びせても、無視されるだけだ。怒らなくなってしまったのだ。これも、彼の変化の一つだった。激しさがなくなり、悟ったかのように穏やかな毎日を送っているように見えた。

4

紀彦の子供たち二人が幼稚園児の頃、紀彦は転勤になった。実家の近くの大学の教官として採用されたのである。これには、秋雄も紗江子も非常に喜んだ。息子が近くに戻ってくることは、年老いて弱っていくばかりの自分たちにとって大いに心強かったし、また、それ以上に、紀彦が地元の大学の先生になるということが嬉しかった。そこは、秋雄の母校でもあったからだ。

長男の朋樹は、生まれながらにして素晴らしい未来が晴れ渡っていることを想像できたものだが、次男の紀彦は、それに比べるとずいぶん曇っていた。一人で黙々と遊んでいることが多く、なにを考えているのかよくわからない子供だった。なにをしても長続きがしない。性格は厭《あ》きっぽく、これではものごとを成し遂げるには不向きだ、と心配になるほどだった。死んだ長男よりもやはり二人めは劣っている、と両親は内心感じていたのである。

どんな仕事でも良いから勤勉に働き、まっとうな社会人になってもらいたい、とそれだけを願っていた。だが、さすがに男の子というのは頼りになる。大人になって、特に結婚してすっかり頼もしくなった。二児の父になったことも大きかったのだろう、と紗江子は考えた。そんな息子の成長と反比例して、残念ながら自分たちは躰も心も弱くなっていく。そう感じていたのである。

紀彦たちが同じ市内の賃貸マンションへ引っ越してきて、すぐに二家族で二泊の旅行に出かけることになった。紀彦の家族と、秋雄と紗江子の合計六人である。段取りはすべて紗江子が急かして秋雄にしてもらった。最近ほとんど仕事らしい仕事をしていないのだから、それくらいやってもらっても文句は言われないだろう。なにもしないと、どんどん惚《ぼ》けてしまう一方だから、ちょうど良い。

その心配は大袈裟ではなかった。秋雄は最近、生返事をして、実際に話が通じていないことが多々あった。話したはずなのに、聞いていないということがあるのだ。六十を過ぎているとはいえ、今の時代、老け込むには早すぎる。もしかして病気なのではないかと心配になるくらいだった。

旅行は電車に乗っていくことにした。六人で自動車というのは少し窮屈だと思えたし、運転する紀彦が疲れるだろう、と考慮してのことだった。温泉の旅館に二泊だ。独立した離れの部屋があるというので、そこに決めてもらった。幼稚園は冬休み。紀彦には金曜日だけ休暇を取ってもらうことにした。

紀彦の子供たちは、どちらもとても大人しい子だった。聞き分けが良く、言葉も丁寧で礼儀正しかった。走り回ったり、騒いだり、ねだったりということはない。その点では、紀彦と英美子と同じだった。育て方が良いのか、それともそういう大人しい血筋なのかはわからないが、少なくとも親の対処は影響するだろう。そんな話を嫁の智紘ともした。電車では、秋雄と紗江子の前のシートに向き合って孫たち二人が座ってくれた。紀彦夫婦は隣のシートだった。

窓の外の風景は、都会から田舎へと、そして雪景色へと変わっていった。白銀の車窓、そして無邪気な子供たちの笑顔、これをどう短歌に詠もうか、ということを考えたかったけれど、そういうことはあとでじっくりと、一人だけのときに時間をかけよう。今は、子供と会話をすることの方が大事だ。秋雄は、ほとんどしゃべらないので、紗江子は一所懸命に子供たちの相手をした。外の風景を見て、あれは何か知っているか、そういう質問をした。二人ともこちらの目をじっと見つめ、とても可愛らしい。なんという幸せだろう、と紗江子は思う。

隣に座っている秋雄の耳許《みみもと》に小声で、幸せですね、と囁《ささや》くと、秋雄は黙ってうんと頷いた。

旅行中に、写真を沢山撮った。このために買ったカメラだった。もともと、紗江子は機械音痴で、この種のものは秋雄の担当だった。しかし、この機会にチャレンジしようと思い立ち、自分で選んでカメラを購入し、説明書を何度も読んだ。最初は家の中や近所のものを写し、フィルム一本分、練習をした。意外にも、一枚の失敗もなくどれも上手く撮れていた。こんなに簡単ならば、もっと早くカメラを買うべきだった。秋雄がなかなか撮ってくれず、プッチの写真が少なかったことが、紗江子は心残りだったのだ。

写真といえば、死んだ長男朋樹の写真は一枚もなかった。まだカメラが高価な時代だったし、かけおち直後の貧乏暮らしだった相田家には、カメラがなかったのだ。葬式のあと、絵心がある紗江子の姉の夫が、思い出してスケッチを描いてくれた。余り似ていなかったけれど、その絵を神棚に祀っていた。それだけしかなかったのだ。その絵も、今では紙が黄色くなってしまった。記憶もしだいに薄れてきた。その絵がどれくらい似ていないかも、よくわからなくなってしまった。

紀彦と英美子が子供のときの写真は何枚もあった。二人めが生まれるときに、秋雄が中古のカメラを手に入れたからだった。仕事でも使うから、思い切って買ったものだった。もちろん、まだ白黒写真の時代である。紀彦は生まれたときには、朋樹とは似ていなかった。でも、今は似ていると思う。最初から似ていたのかもしれない、とさえ思えるようになった。

温泉旅行から帰ってきて、写真をすぐに現像に出した。翌日取りにいったのは、病院の健康診断の帰りだった。その場では、少し血圧が高いと言われただけだった。写真はどれも良い出来で、孫たちは愛らしく写っていたけれど、しかし本人たちの愛らしさを充分に捉えているとは言いがたかった。難しいものである。また、写真を撮れる機会があれば良いな、と素直に思った。しかし、そんな勝手なことを願ってはいけないだろうか、とも考える。紀彦の家庭は紀彦たちのものである。余計な干渉をしてはいけないし、負担をかけてもいけない。ほんのときどきにしよう。一年に一度くらいならば良いのではないか。

紀彦たちの一家が引っ越してきたのは、隣の区だった。鉄筋コンクリートのマンションである。小学校が近いことと、紀彦の職場に通いやすいことで選んだものらしい。できれば、また同じ屋根の下で暮らしたかったが、その頃には、相田家はすっかり手狭になっていた。紀彦が使っていた部屋も含め、幾つかの部屋が荷物でいっぱいになり、窓を開けることさえままならない状態、完全に納戸と化していた。二階にある六部屋のうち四部屋が、もう人が入るスペースがなかった。残りの二部屋は、英美子の部屋と、秋雄が金をかけて作った八畳の座敷だった。秋雄と紗江子の二人は、その座敷に布団を敷いて寝ていた。一階で使えるのは、リビングダイニングと、箪笥や炬燵のある六畳の座敷だけで、残りの部屋はほぼ使いものにならない状態だった。キッチンにも棚を幾つか増やしたし、冷蔵庫も二台めを買った。買いものの回数を減らすためである。また、事務所にも荷物が沢山積まれていた。まだ、紗江子の整理ができていない物品の仮の置き場所だったからだ。庭の小屋も、当然ながら既に満杯だった。英美子が習うために買ったピアノが置かれている部屋も、荷物でいっぱいで既にピアノは見えない。近づくことさえできない状態だった。荷物の二割くらいは、子供たちの関連のものだ。紀彦と英美子が子供の頃からの衣料品、おもちゃ、本、学校の記録などがすべて保存されている。だから、たとえば彼らが自分の家を建てた折りには、それらは引き取ってもらえば良い。大きなものでは、紀彦が作った飛行機の模型、英美子が使った天体望遠鏡、二人が遊んだ卓球台もあった。プッチの思い出の品々も、すべて箱に整理して仕舞ってある。何一つ捨てていない。捨てられないのだ。この家にある、というだけで紗江子は安心できた。消えてなくなってしまったのは、朋樹だけだった。

一週間後に、また病院へ行った。このまえ、孫と旅行をしたという話を医師としたので、写真を持っていくべきか、と紗江子は考えた。見せたい気持ちは強かったけれど、恥ずかしいのでやめておくことにした。

健康診断の結果が出る。特に、レントゲンを撮ったので、その結果を聞きにいくのである。毎年、少し緊張する場面だった。

今までなにもなかった。しかし、この日は、完全な回答を聞くことはできなかった。医師は、少し気になる程度ですし、慌てるようなことでは全然ありませんが、念のために後日もう一度撮り直してみましょう、と語った。

結果を聞いたときには、ついに来たか、と紗江子は思った。自分の母親が死んだ年齢はとうに過ぎていたけれど、癌は遺伝するという。そういう血なのである。覚悟はしていたものの、憂鬱さは拭いきれない。思えば、温泉に出かけたあの数日は、この悪い知らせのために神様が用意されたものだったのかもしれない。

しかし、くよくよしていてもしかたがない、と紗江子は思い直した。

彼女はなにごとにおいても、人から馬鹿にされないように、という一心で懸命に生きてきた。病気に対しても負けないように、精一杯頑張ろう。抵抗をすれば、それだけ生きる時間は長くなるはずだ。これから老年になっていくわけだから、少しだけ延ばせば人並みに生きられるのではないか。

これまで、複数の病院へ定期的に検査をしてもらいに通っていた。癌センタへも幾度か足を運んだ。そういった労力を紗江子は厭《いと》わなかった。生きるためのノルマ、つまり仕事のようなものだと考えていた。神様がお与えになった試練なのだと。

気掛かりではあったものの、普段の生活はなにも変わりはなかった。家の中では整理をし、分別をして収納をする。それらを周期的にやり直し、以前に仕舞ったものを確認しつつ、無駄があれば分別のし方や収納の方法を改めた。午前中は洗濯をしたあとに、掃除をしながら、この整理・収納に時間を費やした。午後にずれ込むこともたびたびだった。昼ご飯を作って、秋雄に食べさせなければならないので、作業は中断する。紗江子自身は昼は食べない。食べない方が躰の調子が良かったし、食べると眠くなって、時間を無駄遣いしてしまうからだった。

午後も、午前の作業の続きをし、夕方が近づいたら庭に出て、植木の世話をしたり掃除をしたりした。二日に一度は、近くの商店へ買いものに出かけた。以前はプッチの散歩が朝と夕方の二回あったのだから、そのときに比べれば楽になったといえるだろう。ただ、躰が疲れやすくなったことは事実で、庭仕事や買いもののあとは、しばらく休まないと夕食を作るため台所に立つことができなかった。したがって、夕食は遅くなり、八時頃になる。

秋雄はラジオを聴いているか、テレビを見ているか、のいずれかで、仕事はなにもしない。家のことも自分からすることはない。頼めばなんでもやってくれるが、頼むことが億劫《おっくう》だ。自分ではどうしようもない重いものを移動させたり、遠くへ出かけなければならないとき以外は、できるだけ秋雄に頼まないように紗江子はしているのだった。

夕食が済んで後片づけをした頃には、秋雄は風呂に入って、すぐに寝室へ引っ込んでしまう。紗江子は、この時間はキッチンのテーブルで家計簿をつけ、日記を書く。短歌の創作をしたり勉強するのも、この時間である。

時間や体力に余裕があるときは、本を読む。しかし、つい座ったままうたた寝をしてしまい、気がつくと夜中の二時や三時になっていることもしばしばだった。夜中に目が冴えて、創作の続きをすることも多い。布団に入るのは朝方ということも珍しくない。どうせ布団に入ってもすぐには寝つけないのだから、時間を有効に使おう。その方が精神的にも良く、結局は躰に良いのではないか、と勝手に考えていた。

レントゲン写真で小さな影が見つかったことは、秋雄にも話したし、紀彦にも電話をかけて伝えた。秋雄は、心配してもどうなるものでもないから、医者の指示のとおりにしなさい、と言ったし、紀彦は、今の医療は昔とは違うから、たとえ癌だったとしても早期ならば適切な処置ができるはずだ、と言った。二人とも、大丈夫だよとか、頑張りなさいということは言わない。よく似た父子である。

紗江子はまだ五十代の半ば。以後、十六年ほど癌とつき合うことになった。自覚できる症状というものはない。もともと元気爽快だったことはなく、いつも疲れていた。躰のどこかが痛い。それが正常な状態だとすれば、なにも変わりはなかった。しかし、もっと早い時期から癌があったのかもしれず、そのためにこのような疲れやすい体質になったのではないか。本当のところはわからない。ただ、急速にどこかが悪化することもなく、苦しくて動けなくなるような酷い状態に陥ったこともなかった。それは、その後も同じだった。

その十六年間、紗江子の生活、つまり相田家の様子は変わらなかった。秋雄と二人で少しずつ歳を重ねていくだけだった。

二人で苦労を重ねて建てた家も、既に築二十五年になっていた。家も古ければ、家の中に収納されているすべてのものも古くなっていた。紗江子は着物を沢山持っていて、それらは桐《きり》の箪笥に収められている。その中には、母から譲り受けたものもあった。古くてもう着られないだろう。虫が食っているかもしれない。怖くて開けられなかった。

荷物で満杯になった部屋は、埃が溜まり、層になってうっすらと雪が積もっているようだった。初めのうちは掃除機をかけたりもした。新聞紙を上に被せて、それを定期的に交換するという方法も試してみたが、その交換自体が大変な作業になった。埃を吸って咳が出る。これは躰に悪いと判断し、諦めてそのまま放置することに決めた。

なるべくもうものを買わないようにしよう、と紗江子は思った。買いもののために遠くまで出かけていくような機会もめっきり減り、テレビショッピングでときどきハンドバッグや衣料品を購入する程度で欲求不満を晴らしていた。

時間はいつも同じスピードで流れているはずだ。自分たちは歳を取っていく。しかし、変化は少ない。たしかに去年に比べれば、今年の方がどこか自由が利かなくなっているところがあった。秋雄も、どんどんぼんやりしていくように見える。会話はほとんどない。電話がかかってくるようなことも滅多にないから、人と話をする機会も少ない。近所に親しい人はいなかった。昔はいたけれど、みんないつの間にかいなくなった。引っ越していくか、死んでしまうか、そのどちらなのかもわからないか。

いずれにしても、大きな変化がない。それが、老年の生活というものみたいだ。小さい子供、若い人がいるところには常に変化がある。子供はどんどん成長するし、若い世代はどんどん新しいものを家に取り込む。子供たちがいる時分には、新しい話題が絶えることがなかった。考えなければならないことも、解決しなければならない問題もいっぱいあって、毎日が本当に忙しかった。プッチのことだって、世話をするのに時間を取られたけれど、それは苦労というものでは全然なかった。

今は、苦労といえば、ただじっと同じことを繰り返す毎日に、嫌気を起こさないようにすることだけだ。

そういった生活の中で、紗江子は病気を趣味にしようと考えるようになった。医療関係の本を勉強し、医者の言うことをもっとしっかりと理解できるようになろう。自分が癌だとしても、それはある意味で目新しさ、つまり変化ではないか。同じことを繰り返す日々ではない。戦う相手ができたことをチャンスだと思えば良い、と。

そういうことを家計簿の日記の欄に、小さな文字で書き入れた。勇ましい文章になったし、書いていて涙が滲《にじ》んできたが、これは感動しているのだ、と思った。良い短歌ができそうな気もした。芸術家というのは、死と隣り合わせで生きているものだ。そうにちがいない。

みっともない姿を見せないよう、注意しなければならない。どんな事態になっても、泣き言を絶対にいわないようにしよう。紗江子はそう誓った。

5

紀彦が両親の家の近くに引っ越してから、紗江子はたびたび入院をするようになった。癌の検査のための入院で、一週間くらいのことが多かった。癌と決まったわけではない。つまり、腫瘍らしきものは認められるものの、良性か悪性か判断はできない。紗江子の説明はそんな感じだった。検査をするだけのために入院しなければならないというのも変な話であるが、通っている病院はこの地方では一番の癌の権威といわれているところらしい。優秀で経験豊かな医師が揃っているのだから、もちろんそれに従う以外にないだろう、と紀彦は考えた。

ただ、検査をするために飲む薬で体調が悪くなる、と紗江子が零していたのは少々気になるところだった。もしなにも知らなければ検査もしなかったわけで、そうすれば健康な時間がその分あったはずだからだ。病院通いをして、薬を飲み、治療を受け、そのために失われる時間がある。すっかり治って元気な状態に戻れる年齢ならば、その時間の投資は当然すべきだろう。しかし、これから老いて衰えていく年代の場合、明確な判断はできないように感じる。母の年代ならば、今の時間というのは、十年後の時間とはクオリティがまったく異なる。また、長生きをしたといっても、ベッドで寝たままの状態では、時間の価値はその分小さくなるはずだ。

多くの人は、生きているということに第一の価値があると言うし、その言葉のとおりに信じているようだ。生きていることが大事なのは当然だが、どんな状態であれ生きていさえすれば良いのかといえば、紀彦はそうは思わなかった。不自由であるならば、むしろ死んだ方が良いのではないか、といった極端な判断は難しいものの、それに近い感覚が彼にはあった。たとえば、寝たままの五年間と、自由に飛び回れる三年間のどちらかを選べと言われたら、迷わず三年の方を採る。違うだろうか。

ただ、紗江子にはそんな話はやはりできなかった。たとえ母親であっても、自分の考え方を押しつけるような真似は避けるべきだ。幸い、紗江子は落ち込んでいる様子はない。むしろ病院通いや入院生活を楽しんでいるようにさえ見えた。強がりで言っているのかもしれなかったが、もともとそういう負けん気の強い人で、強がりを言う自分を愛しているのである。

家が近くになったので、入院や退院のときには、紗江子を車で送り迎えするようになった。病院は一時間もかかる不便なところだった。紗江子は、秋雄の運転が最近怖いから、と話した。一度、秋雄の不注意で小さな対物事故を起こしたからだ。

そのうち、検査以外の入院も増えて、二週間、一カ月、そして二カ月と、その期間が長くなっていった。その頃には、紗江子も六十代になっていたし、秋雄はそろそろ七十に手が届く年齢だった。

入院が長期のときには、紀彦はなるべく時間を見つけて見舞いにいった。秋雄は、電車とバスで時間をかけて見舞いに通っているようだった。そういった話は、秋雄は一切しないので、すべて紗江子から聞かされたことだった。病院へ行くと必ず、お父さんが昨日も来た、と紗江子は語った。本を買ってきてくれた、と見せた。だいたいは日本の古い小説家のもので、教科書にも出てきそうな有名どころだった。もう少し私の好みを聞いてくれたら良さそうなものなのに、と紗江子は零したが、それでもまんざらではなく嬉しそうな表情を見せて語っていた。

紀彦は、両親が仲が良い振る舞いをするところを子供のときから一度も見たことがなかった。父は母を褒めることがあったけれど、それは可愛いとか綺麗だというような惚気《のろけ》ではなく、しっかりとしている、頭脳明晰だ、努力家だ、というような評価だったし、そういう言葉を直接母に話す場面があったわけではない。面と向かって褒めるようなことは秋雄はしなかっただろう。他方、紗江子の方も、夫には皮肉を言うか注意をするばかりで、機嫌良く相手をするシーンはなかった。紀彦がいる手前そうしていたのかもしれないが、少なくとも、ドラマにあるような仲の良いカップルでなかったことは確かだった。

だからこそ、入院している母が語ったことが、紀彦の印象に残ったのだ。本当に買ってきてほしい本があるのなら、紗江子はとうに具体的な要求をしていただろう。

入院が長くなったのは、検査だけではない、ということを意味していた。手術と呼べるレベルの処置が行われることもあった。今は、切り開くだけが手術ではないらしい。たとえば、血管に細い管を通していき、内臓の患部にまで導き、直接注射をするようなこともできるらしい。また、強い効果が現れる薬を投与する場合、数時間おきといった連続した検査を続けながら、少しずつ体内に入れることもあるという。

紗江子は、とにかく薬が大変だと紀彦に話した。飲むだけで躰が重くなり、息苦しくなる。ときには、お腹が痛くなる、と言う。それでは、癌で苦しんでいるのではなく、癌のための薬の副作用で苦しんでいることになる。治療をしなければ、こんな苦しみはなかったのだ。しかし、紗江子はこの治療で健康が回復できると信じている。その気持ちを折ることはとてもできない。紀彦はそう思うのだった。

ときには長引くこともあったけれど、紗江子はいつもだいたい予定どおりに退院してきた。病院を離れれば、きつい薬を飲むこともないので、体調はだんだん良くなり、普通に生活ができた。それでも、毎日、合計二十錠以上もの錠剤を飲まなければならなかった。もともと小食なので、食べている量よりも薬の方が多いのではないか、と思えるほどだった。

紀彦は、飲みたくないときにはやめれば良い、自分の体調をよく観察して、具合が悪くなったときには、薬が合わないと医者に訴えれば良い、と言う。しかし、紗江子は指示のとおり、毎日薬を飲んだ。具合が悪くなっても、それがどの薬のせいかなんてわからない。薬をやめてしまったら、今までの苦労がすべて水の泡になってしまうかもしれないのだ。

退院したあとの検査では、たいていは良好な結果が出た。医師も、良くなっていますよ、と言ってくれた。最初の検査で腫瘍が見つかってから、既に十五年にもなる。長いようで短い十五年だった。

相田家の変化は特になく、秋雄もまったく変わりがない。紀彦の家と、英美子の家で、孫たちがもうずいぶん大きくなっていた。紗江子は、孫たち四人の写真をいつも持っていた。リビングにも飾っていたし、入院するときには、病院のベッドの横にもそれらを置いていた。

もし、医者に通っていなければ、健康診断を定期的に受けていなければ、今頃自分はこの世にいなかったかもしれない。苦労をした甲斐はあったのだ、と思いたかった。

まだ生きられる気がする。頑張って勝ち取らなければならない。紗江子はそう思うのだった。

けれども、紗江子にとって最後の入院の日が突然やってきた。

夕方、椅子から立ち上がったときに、突然足が折れたようにがくんと躰が傾き、床に倒れてしまった。意識はあり、足がもの凄く痛かった。尋常な痛さではない。もう一歩も歩くことも、躰を動かすこともできない状態だと、自分でもすぐにわかった。

大きなもの音を立てたので、隣の部屋にいた秋雄がやってきた。足が折れたみたいだ、と彼女はなんとか夫に伝えた。あとは、もう痛くて痛くて、蹲《うずくま》っていることしかできない。気が遠くなりそうだった。

医者に連れていく、車まで運んでやる、と秋雄が言ったが、とても動けなかった。持ち上げられただけで痛さで気絶してしまうだろう。近くに電話があったので、すぐに紀彦に電話をするように秋雄にお願いした。

秋雄は紀彦の家に電話をかけた。幸い、紀彦は家にいて、すぐに話すことができた。お母さんが足が折れたと言っている、と秋雄は事情を説明した。一人ではとても車まで運べないから、すぐにこちらへ来てくれないか、と。

紀彦は、今からそちらへ行くけれど、そんなことよりも救急車を呼んだ方が早い、と言った。たしかにそのとおりだと思ったので、秋雄は電話を切り、すぐにかけ直した。

電話でこちらの住所を知らせたのち、大丈夫か、と紗江子に話しかける。もう彼女は返事もできないようだった。額に汗をかいていたので、台所からタオルを持ってきた。もう少しの辛抱だから、と話しかける。救急車が来たら、二人とも家を出ることになる。鍵はどこにあるのか、と紗江子にきいたが、返事がなかったので、とりあえずそれを探すことにした。そういえば、病院へ行くのなら金が必要なのではないか。いや、金は後日でも大丈夫だろうか。

そんな準備や、あれこれ考えているうちに、サイレンの音が聞こえた。それが大きくなって止まったので、玄関から出ていくと、目の前に救急車の赤い回転灯があった。妻が足が折れたと言っている、ともう一度話し、家の中へ隊員を案内した。紗江子は担架に乗せられ、運び出された。

相田家は、大通りに面して建っている。バス停も十メートルほどのところだ。隣はコンビニである。そういう賑やかな場所で、歩道の人通りも多い。その大通りを百メートルほど行った反対側に、外科病院があった。昔からそこで開業している個人病院で、院長は顔見知りだった。救急隊員は、その病院へ運ぶと秋雄に説明した。家の鍵をかけてから、秋雄も救急車に乗り込んだ。

6

紀彦が車で実家に到着したとき、家の前に秋雄が立って待っていた。のんびりと煙草を吸っていたので、それほどの緊急事態でもなかったのか、と少し安心した。

車から降りると、救急車であそこの病院へ運ばれた、すぐに行ってあげなさい、と秋雄は言う。自分は留守の家が心配だったし、お前が来るのを待っていた。入院に必要なものも用意しなければならないので、戻ってきたところだ、と話した。

紀彦は、車を家に置き、歩いてその病院へ向かった。そこは、プッチに噛みつかれたときに四針縫ってもらった医師がいるところだった。今も同じ先生だろうか、と考えたが、既に代替わりしていて、紀彦と同年代の医師だった。名札の姓が同じなので、あの医師の息子なのだろう。

医師は、これからレントゲンなどの精密検査をすることになるが、おそらく大腿骨《だいたいこつ》が折れている、と話した。大腿骨というのは、かなり太い骨である。そんなものが簡単に折れるものですか、と尋ねると、老人の場合には骨が弱くなっていることがある、という返答だった。

治療室で診察台の上に寝かされていた紗江子は、紀彦の顔を見て安心したようだった。大変だったのよ、と少し笑って言った。足はもう固定されているようだったし、動かしさえしなければ痛くはないという。

一週間ほどまえに電話があったとき、足が痛いと母は話していた。そのときには大袈裟な話だな、と紀彦は思ったのだ。腰が痛い、肩が痛いというのは、彼女のいつものことだったから、またその類の筋肉痛だろう、と軽く考えていた。その痛かった場所が、まさに折れたところだというのである。折れるまえから、兆候があったということだ。

しかし、骨折は怪我である。怪我ならば、治療をすれば治るだろう。癌のように不治の病とは違う。それをそのまま紗江子に言ってやると、そうだよね、と頷く。そして、お父さんの夕飯をまだ用意していなかったから、どこかへ食べに連れていってあげてね、と関係のない話を彼女はした。

婦長から説明があった。入院になるが、用意するものなどは明日説明する。今日は安定剤を飲んで、ぐっすり休んでもらいますから心配はいりません。ご家族も帰っていただいてけっこうです、家も近いですからね、と言う。この婦長も同じ姓だった。あの院長の娘なのか、あるいは息子の嫁なのか、と思いながら話を聞いていた。

二十分ほど紗江子につき添っていたが、もう大丈夫だから帰りなさいと言われたので、実家に戻り、秋雄と二人で車に乗ってファミレスへ行くことにした。智紘には電話をして、食事をして帰ると伝えた。母の容態も簡単に説明しておいた。最初に秋雄からの電話に出たのは智紘で、紗江子が階段から落ちたのではないか、と心配していたようだった。

近所のファミレスで、秋雄も紀彦もハンバーグ定食を食べた。秋雄は美味しいと言った。こんなに美味しいものが、こんな安い値段で食べられるなら、毎日ここへ食べにくれば良いな、と冗談みたいに少し笑って話した。あまり笑わない人だったので珍しかった。しばらく紗江子が入院になるから、一人で食事をすることになる、そういう意味で言ったのだろうか、と紀彦は考えた。ファミレスは歩いてくるには少し遠い。ただ、家の近くに喫茶店や飲食店はいくらもあったから、食事には困らないだろう。だいいち、秋雄はまだ車の運転ができる。

紀彦としては、母よりは父の方が常識人で、一人でも生きていけるだろうと考えていた。紗江子の方は、しっかりしているようで、肝心のことができないように観察された。たとえば、ゴミを出しているのは秋雄だったし、銀行や役所の手続きなども秋雄がすべてやっているようだった。どこかへ問い合わせの電話をかけるのも秋雄の場合が圧倒的に多かった。紗江子は、秋雄に依頼してそういったことをやらせている、というのが紀彦の評価だったのだ。

ただし、それは紀彦が未成年の頃、つまりずっと以前の話であって、この当時には少し事情が違っていたことが、のちになって明らかとなる。仕事をやめてしまった秋雄は、ものごとに無頓《むとん》着《ちゃく》になり、注意力も散漫になっていた。一方、紗江子の方は、頼りない夫の代わりに、数々のことを自分でするようになっていたのである。そういう意味では、秋雄が老化しているのに対して、紗江子の方はまだ学習し、ある意味で成長していたといえるかもしれない。ただしかし、それは精神的な部分であって、肉体的には、紗江子の方が衰えが早かった。

五十歳までは生きられないと言っていた秋雄は、既に八十に手が届く年齢になっていた。もともと、白髪が多く痩せている秋雄は、外見上の変化がさほどなかった。何十年もまえからすっかり老けた容貌だったので、むしろこのところは変化速度が遅く、お元気ですねと言われる機会も多かった。また、秋雄の十歳上の兄がまだ健在だったこともあって、もしかして長寿の血なのではないか、と自分でも思い始めていた。

若いときから口数が少なく、無表情だったことも、老化が顕著に表に現れなかったことを助長した。秋雄自身も、老いというものを自覚できなかった。紗江子が、おかしいとよく指摘していたが、あれは彼女が神経質だからだろう、と暢気《のんき》に受け止めていたのである。

そんなわけだから、紀彦の目にも、父親はしっかりしているように見えた。昔から無駄口をきかず、無闇に感情を表に出さなかった。しかし、几帳面だし誠実である。行動力もあるので、紗江子がいなくてもまったく問題はないだろう、と紀彦は信じていた。

紗江子の足は、三日後に手術をして、ボルトで接合された。その後は病室へ移り、動けないものの顔色も良くなり、意識もしっかりとしていた。癌で入院していたときに比べれば、格段に元気そうだった。これは、薬の副作用がなかったせいだろう。

紀彦は職場から帰宅するときに遠回りをして、実家に寄ることにした。病院へ行って、母と話をし、それから家で秋雄の様子を見た。必要なものがあればメモをして、翌日に買って届けることになっていた。

また、昼間のうちに智紘が一人で病院を訪ねることも多かった。これは、紀彦が頼んだことではない。智紘は、一度見舞いにきたときに紗江子に頼まれて、秋雄のために簡単な食事を作って届けていたのだ。そのときにもちろん病院へも寄った。実家の秋雄に届けるのは、ものの五分くらいのことだった。挨拶をし、持ってきたものを秋雄に説明し、冷蔵庫に入れた。流しに溜まっていた食器を洗い、それで辞去した。秋雄は礼を言うだけで、世間話というものはしないから、智紘にはこれはとても助かった。

そのかわり、紗江子の見舞いの方は大変だった。最初は、四人部屋にいたので、それほど話ができなかったから、長くても三十分くらい話を聞いていれば良かった。その後、個室が空いたため紗江子はそちらへ移ったのだが、そこで、紗江子は智紘に昔話をするようになり、二時間は普通、長いときには三時間以上も、つき合わなければならなくなった。これにはさすがに智紘は参ってしまい、紀彦に打ち明けたのである。

忙しいと言えば良いのではないか、というのが紀彦の返答だった。もちろんそれはそうなのである。智紘は、相田家の人々のように自分の要望をすっと言葉にして主張できない。そういうふうに育てられていたし、夫の親に対して嘘をつくような、そんな態度を取れるとも考えていなかった。だから、お母さんは話を聞いてもらいたいのだから、貴方がもっと見舞いにいくべきだ、と紀彦に言うしかなかった。

そんなことを言われても、平日は仕事で抜けられないし、休みの日にも予定があって、紀彦は時間がなかなか取れなかった。どんな話を聞かされるのか、と智紘に尋ねる。智紘の話は要領を得なかったが、そもそも普段の紗江子の話が要領を得ないものなので、伝聞となっては余計にわからない。ただ、大半は、昔のこと、実家のこと、結婚した当時のこと、紀彦がまだ小さかったときのこと、そういう人生の思い出話だったし、残りの三割ほどは、人の生き方、子供の育て方、老いるということはどういうことか、といった教訓めいた話だったという。

智紘は相当困っている様子だった。お母さんは悪い人ではない、それはわかるけれど、とてもつき合いきれない、と紀彦に訴えると、そんなものはつき合う必要はない、と簡単に言われてしまう。もう少し、なんというのか、労《ねぎら》いの言葉とか、感謝の気持ちがあっても良さそうなものなのに、と智紘は腹が立ってしまう。

紗江子は、秋雄のことを頼むと智紘に散々言うのだった。しかし、それは筋が違うだろう、そう思ったので、それもそのまま紀彦に伝えた。お母さんは、お父さんの面倒を私に見ろとおっしゃるのだけど……、と。

いや、それは違う。君が面倒を見る必要はない、と紀彦は即答する。それで終わりである。結局、これは相田家のことであって、自分は身内ではない。血のつながっていない部外者なのだ、という思いをするばかりだった。

秋雄も、午前中に毎日病院へ紗江子の顔を見にいっていた。家のことでは、わからないことが多かったので、疑問をメモしておき、紗江子にきいて書き留めて帰ってきた。たとえば、寒くなったのでマフラを探しているが見つからない。新しい下着はもうないのか、風呂桶の掃除をしたいが、どういう洗剤を使えば良いのか、といった類のことだった。紗江子はいずれも的確に指示をした。医療保険を申請して下さい、というようなことも言われたので、秋雄は役所へ電話をかけ、やり方を尋ねた。いつも食べているハチミツがなくなったが、あれはどこで売っているのか、と尋ねれば、あれは通販で買ったものだ。箱を見て、そこへ電話をかけて下さい、と言う。秋雄はすべて言われたとおりにした。

本当ならば、自分の方がさきに病院に入院し、紗江子が見舞いにくる、というのが自然な順番だったはずである。どうも逆になってしまったことが、今も多少納得がいかなかった。紗江子が早すぎたのか、それとも自分が遅すぎるせいなのか、いつの間にか追い抜かされてしまったように、秋雄は感じるのだった。

手術後一カ月が経過したが、紗江子はまだ入院をしたままで、もちろんベッドから起き上がることもできなかった。秋雄は病院に呼び出され、医師と話をした。容態が良くない、という内容だった。足の骨折が原因なのではない。骨が折れたのは、癌によるものだ、と医師は話した。癌の治療を受けていたことは、紗江子が直接医師に話したようだった。紗江子が通っていた病院へも連絡を取って今後の治療に当たりたい、と言う。秋雄は、よろしくお願いしますと頭を下げて帰ってきた。

骨折だから、ギプスが取れれば、リハビリがあって、松葉杖《まつばづえ》か車椅子でしばらくは通院になるものだと想像していた。二カ月くらいで退院できるのではないか。それならば正月のまえに家に戻れる。正月の準備を、ある程度はしておかなければならない。いつもなら、紗江子がおせち料理を作るのだが、今年はデパートで売っているものを買ってこよう。そういう話も秋雄は紗江子にした。すると、あれはだいぶ以前から予約が必要ですよ、と言われたので、注意をして新聞のチラシを見るようにしていたところだった。

その後の一カ月間で、紗江子はますます悪くなった。話をするのも疲れる様子だった。息が苦しいとも言った。もう足の状態どころではなかった。秋雄は毎朝、病院が開く時刻に見舞いにいったが、紗江子の病室にいる間も、会話は少なくなっていた。

主に夕刻に見舞いにいく紀彦も同じで、母が弱ってくるのがわかった。昼間に見舞いにいく智紘にきくと、最近では一時間くらいしか話が続かない、という。一時間も話をするのか、と紀彦は逆に驚いたくらいだった。つまり紗江子は、智紘に対して最も時間を使って話をしているようだった。だから紀彦は、毎日智紘から、母がどんな話をしたのか聞いた。けれども、内容はとても少なく、一時間もかかるような情報量では到底なかった。それは智紘が覚えていないとか、上手に要約している、ということでもなく、言葉は途切れ途切れで、話は飛び飛びで、智紘にはよくわからない部分が多かったからだった。独り言のようでもあって、嫁に対して話しているのかどうかも疑わしい。そう智紘は言った。そして、もっと貴方が聞いてあげて、お母さんはなにか伝えたいのだから、とも言うのだった。

しかし、紀彦が会うときには、ごく普通の母だった。たしかにあまり話をしなくなったが、それでも、大丈夫ですよ、貴方は仕事を一所懸命してね、今が大事なときですから、といったことしか言わない。特に、仕事上で今が大事なときでもなかったが、わかったわかったと紀彦は頷いてみせた。

紀彦に話すことといえば、お父さんが頼りないから困っている、あの人は一人ではなにもできない、もうかなり耄碌《もうろく》している、という父の心配事ばかり。だいたい、そういった話が毎回だった。

ある日、紀彦が病室を訪ねていくと、紗江子は口にプラスティックの吸入器を当てていた。管がつながっている。紗江子は、紀彦が来たのに気づくと、自分でそれを外した。酸素吸入器だと言う。これをしている方が楽だから、と説明した。それだったら、外さないでしたままの方が良い、と紀彦が言うと、いえ、大丈夫、少しは話をした方が良いから、と微笑んだ。

強がりを言う人だとは承知していたが、この頃には、その強がりは影を潜めていた。自分はもう駄目かもしれないけれど、とにかくお父さんが心配だ、あのままではいけない、何度も話しているのだけれど、まったく聞いてもらえない、と話す。

何を聞いてもらえないのだろう。話がよくわからない。質問をしても、答は戻ってこない。ただ、愚痴のようなものが、口から泡のようにぽつりぽつりと零れ出る。このときは、入院以来一番よくしゃべる母だった。酸素吸入の治療をしているのだから、そんなに話をしてはいけないのではないか、と紀彦は心配になった。

だから、父のことを愚痴る母に、紀彦はこう言ったのである。

お父さんはね、あれでもお母さんのことを大切に考えているんですよ、だから、お母さんは、お父さんに、言うべきことがあると思います、と。

紗江子はそれを聞いて、しばらく考えていた。そして、何を言うべきなの、と息子に尋ねた。

紀彦は、ありがとうと言ってあげてはどうか、と答えた。それから、病人はそんなにあれこれ心配するものではない、みんなに感謝した方が、自分もきっと楽になると思う、と話した。

どうして、そんなことを言ったのか、紀彦もよくわからなかった。ただ、自分が死ぬときには、周りのみんなにありがとうと言いたい、きっとそれが理想的な死に方ではないか、と考えたことがあった。

あるいは、さらに理想的なのは、誰にも見取られず、山奥で静かに一人で死ぬことだ。そういう孤独こそが、本当は一番望ましい。しかし、家族がいて、世話になった人間がいて、そして自分の血を引いた若者もいるのだから、そこまでの自分勝手は許されないかもしれない。だから、妥協点として、ありがとう、があったのである。

紀彦はそのとおりに母に話した。人間は死ぬときには、身を引き、妥協をし、頭を下げる方が良いのではないか。死ぬときくらい自分勝手でいたいと思うかもしれないけれど、それは綺麗な死に方とは思えない、と。

そういうことを真剣に考えたことはあったけれど、母に語ったことはなかった。なんとなく、今はそれを話しても良いときかもしれない、と本能的に紀彦は思ったのだった。

紗江子はこの日、紀彦が帰る間際、片手を伸ばし差し出した。紀彦がその手を握ると、ありがとう、と母は言った。

その二日後に病室へ行ったときには、紗江子はもう酸素吸入器を自分で取ることはできなかった。息が苦しそうだった。智紘が会いにいったときにも、もう話はできなかった。

そんな状況を聞いて、英美子が遠くから見舞いにやってきた。実家に一泊していく予定だった。

到着してすぐに病院へ行ったが、紗江子は娘を見て頷いただけだった。来たことはわかったようだ、と英美子は語った。しかし、彼女は二度と母と会話をすることはできなかった。

秋雄は、二日まえまではお母さんはしゃべることができた、と娘に話した。そのときにお母さんは、ありがとうと言ったんだよ、と語った。

この話を妹から紀彦が聞くのは、母の葬式が終わったあとのことだった。自分が母にあの話をした翌日に、父が母から聞いた言葉は、紀彦の進言を素直に実行した結果だったのだ。しかし、それを妹や父に話す気にはなれなかった。

何故なら、自分はなにかを悟っているわけでもなく、何が正しいのかもわからない、ただ、あのときは、母が父を悪く思うようなことが少しだけ許せなかっただけだった。多少は感謝する気持ちを持っても良いのではないか、というような反発で言ったことだったように思えたからだ。しかし、秋雄は紗江子のその言葉が嬉しかったのだ。だから、英美子に話したのだ。さすがに恥ずかしくて、紀彦には言えなかったのだろう。

自分が言ったことが発端だなんて、とても話せないと紀彦は考えたのである。それに、母が本当に感謝をしていた、という誤解の方が真実よりも価値があると思えた。

紗江子は、英美子が実家に泊まった翌日の夕方に、息を引き取った。この日は休日だったので、紀彦は午後の早い時間に病院へ行ったが、紗江子の意識はなかった。酸素吸入器が外れていたので、看護婦を呼んでつけ直してもらった。もう人相が変わっていて、苦しそうでもなく、ただ断続的に呼吸をしているだけだった。そして、紀彦が自分の家に戻って、食事をしているときに病院から電話があった。英美子は近くにいたので、母の最期を見取った。紀彦が駆けつけたときには、既に母の鼓動は止まっていた。

秋雄は、紀彦が病院へ到着すると、すぐに葬式の手配をしてくれと言った。坊主に頼むのは嫌だから、宗教に関係のないところにしてほしい、戒名はいらない、と注文した。まだ、母が死んだ直後のことだったが、いかにも冷静な父らしい指示だった。

紀彦は、急に言われても、どうして良いものか見当もつかなかったが、すぐにネットで検索をして、全国チェーンの葬儀屋に連絡をした。相手は慣れたもので、どこの病院かと尋ねた。すぐにお迎えに参ります、と応対した。

そうか、死んでしまったら、もう自分の車に乗せて帰ることもできないのか、と紀彦は思ったのである。

Chapter 3 the Aidas goodbye

賞子は作文の中で、そのことを書きたかったけど、いったい自分の感じてるものが何なのか、さっぱりわからなかった。あやふやで、感じたことはほとんどことばにさえならなかった。

それで賞子は「おおとりくんの席はさみしそうでした」と書いておいた。ほんとうは、さみしそうでなんかなかったのだ。九月一日の、明るい教室には、堀の水底の暗さも冷たさもなかった。おおとりくんの空席も、おやすみの人たちの空席も、机の板は同じように茶色に光って見えたのである。

1

紗江子がいなくなって、相田家は秋雄一人だけになった。紗江子が死ぬ以前にも、幾度か長い入院があったのだから、なにごとにも用意周到な秋雄は、当然その状況を覚悟していたのかというと、そうでもなかった。入院というのは期限がある。いつかは退院して戻ってくるし、入院中に話をしにいくこともできる。ときどき入院中の紗江子から電話もかかってきた。でも、これからは、もうずっとそういうことはない。いつまで待っても、一人だけのままだ。これでは、この暗い相田家が天国で、そこに自分一人がいるのと同じこと、つまり、自分が死んだ状態と同じではないかとさえ思えるのだった。

秋雄は、まさか自分だけになるとは考えていなかった。自分が一番年長だし、若いときから躰は丈夫ではなかった。大病をしたこともある。健康に気を遣うようなことも面倒でしなかった。いつ死んでも良い、とずっと考えてきたのだった。

紗江子の遺体は、葬儀屋が病院から直接斎場へ運んだ。紀彦と英美子が車でついていった。秋雄は、一人相田家に残って、明日の通夜、明後日の葬儀のために礼服を探した。一人で探さなければならなかった。紗江子に場所をきいておけば良かったのだが、その質問をすることはできなかった。生きているうちにできる質問ではないし、死んでしまったらもう答は返ってこない。

礼服はすぐに見つかった。最初に開けた箪笥の一番手前に、ビニルに包まれて吊されていた。ネクタイと数珠は、近くの小物を入れる引出にあった。もしかしたら、紗江子が事態を見越してちゃんと用意してくれたものかもしれない。あとは靴だけだ。それは下駄箱だ。明朝でも大丈夫だろう。そのうち英美子が戻ってくるはずだから、今晩の食事については、少し遅くなるが、それから考えることにして、今はとにかく熱いお茶が飲みたい、と思い、リビングの椅子に腰を下ろした。

そうか、お茶は自分で淹れなければ、出てこないのだ。飲みたいと言い、しばらく待てば、紗江子が持ってきてくれた。この頃は自分でお湯を沸かし、缶からお茶の葉を急須に移し入れて、自分でお茶を出すことができた。お茶を飲んだあとに、急須の葉を捨て、湯呑みを洗うこともしなければならない。面倒なことだから、少し飲みたいくらいのときは、我慢をして飲まないことにしていた。

一人になると、いろいろ細かいことが面倒になるが、そのかわり、自分さえ許容すれば、幾らかのことを省略することもできた。たとえば、秋雄は、寝るために二階の寝室まで階段を上がっていくのが面倒になったので、一階のリビングに布団を敷くことにした。そちらの方がトイレが近いので便利だった。また、いちいち服を着替えることも面倒だし、一度脱いでしまうと同じものを着ることに抵抗がある。ようするに、洗濯をしなければならないものになってしまう。だから、できるだけ服を脱がないようにした。着替えは寒いから躰にも悪いはずだ。同じ理由で、風呂の回数も減らした。外に出かけていくわけでもないし、汗をかくこともなかったから、以前のように毎日風呂に入る必要はないだろう。お湯で顔を洗うくらいで充分だ、と考えた。髭《ひげ》を剃るのも面倒だったので、この際だから顎《あご》鬚を伸ばすことにした。年寄りだから、その方が相応しいように思えた。特に誰に会うというわけでもない。近所の自販機で煙草は買える。そのほかの食料品は、紀彦や智紘に頼めば買ってきてもらえた。自動車を運転することも、紀彦からもうしない方が良いと言いつけられていた。だから、どうしても必要なときだけにして、できるだけ乗らないようにしていたが、どうしても必要なときというのは、すなわち、紗江子をどこかへ連れていく場合のことだったので、もう運転が必要なときというのもなくなってしまったのだ。

ああ、死んだか、と一人呟いた。その言葉の次には、ふっと息が漏れるだけで、それ以上の感情というものも、明確に自覚できなかった。涙が出るほど悲しいということもなく、どうしたら良いのだろうと狼狽《うろた》えることもなかった。ただただ、そうか、ついにいなくなったのか、と思った。その言葉で噛み締める以外になかった。

葬儀屋との打合わせが終わって戻ってきた英美子が、お父さん、明日はお通夜、明後日はお葬式ですから、皆さんにご挨拶をしなくてはなりませんよ、ですから鬚を剃って下さいね、と言った。その言い方が、紗江子にそっくりだった。

秋雄の希望どおり、戒名をつけないで葬式を挙げることになった。いちおう坊主がお経を読んだが、どこの宗派なのかもわからなかった。相田家は代々禅宗だったので、お経がそれとは違っていることだけはわかった。秋雄は、親の代からつき合いのある寺の住職が大嫌いだった。長男が死んだときには、しかたなくその寺にお願いをしたのだが、説教めいたことを偉そうに言うのが気に入らなかった。もっとも、その住職はとうに死んでいるか、そうでなくても引退している年齢のはずである。代替わりして息子が跡を継いでいるかもしれない。息子の方は控えめな男で見どころがあったが、もうずっと会っていない。今さら来てもらうのも億劫なことだと考えていた。知り合いに会えば、話が面倒になる。会わなかった期間のことを説明しなければならない。どうでも良い相手の話も相槌を打って聞かなければならなくなる。面白い話などありはしないのに。

秋雄は、自分は墓に入るつもりはない、そんな無駄なことは絶対にするな、と紀彦に話していた。しかし、紗江子は少し違った。大金を叩《はた》いて仏壇も買った。私は墓に入りたいと口で言ったことはなかったものの、もしかしたら望んでいたのかもしれない。

まあしかし、死んでしまったものはどうしたって同じこと。躰は抜け殻でしかない。焼いて灰になって、それで一巻の終わりである。霊魂だの怨念だの、そんなものがあろうはずもない。秋雄はそういったことに対しては、さっぱりと割り切れる方だった。この年代では珍しいだろう。もっとも秋雄にしてみれば、どう考えても理屈に合わない、というだけの話だった。

紗江子の葬式には、紗江子の姉弟と、秋雄の兄妹だけを呼ぶことにした。それを知らせるための電話だけは、秋雄が自分でかけることにした。他の段取りはすべて息子と娘がやってくれたので、それくらいは自分でしようと思ったのである。ただ、葬式というものは、いかにも面倒なものだ。どうしてこんな無駄なことに時間と大金を費やさなければならないのか、本当に馬鹿馬鹿しいかぎりだ、という気持ちが秋雄にはあった。死んだ者が浮かばれないなどと言う奴がいるが、その死んだ者が浮かばれる状態とはいったい何なのか。浮かばれたら、誰が喜ぶというのか。役所に死亡届を出して、遺体を焼き場へ持っていって、それで終わりで良いではないか。忙しく葬儀を行う時間があるのなら、せっかく集まっている子供たちとゆっくり食事をして、紗江子の思い出話をする方が有意義にちがいない、と思った。

紀彦にそれとなく、そういう話をすると、まあ、そうですね、面倒なことではあるけれど、でも、伯父さんや叔母さんたちにあとから叱られますよ、と言った。英美子は、お葬式だけは、恥ずかしくない程度で良いですから、どうかちゃんと挙げてあげて下さい、と言った。紀彦の意見は自分と同じであるし、英美子の方は紗江子が言いそうな台詞《せりふ》だった。

紀彦は、自分の子供たちを呼ぶように智紘に指示していた。二人は既に大学生で、それぞれ別の遠方の街で一人暮らしをしていた。長男の方は、通夜には間に合いそうになかったが、葬式には出られそうだった。英美子の方も、家族を電話で呼び寄せている。こんなに親族が集まることは、英美子の結婚式以来のことだ、と秋雄は思った。

秋雄は七人兄弟だったが、二人は既に死んでいた。葬儀に参列したのは、生きている四組の老夫婦である。紗江子は五人兄弟で、死んでいるのは一人。しかし、一番上の姉は入院中で危篤状態だったので、このとき参列したのは二組の夫婦だった。紀彦や英美子の従兄弟も数名来ていたし、また紗江子の叔父が一人、どこからか聞きつけて駆けつけていた。それでも、全員で二十数名だった。地下鉄の駅に近い寺の集会所のような施設が会場だった。

秋雄は普段と変わりなく、親戚の者たちと和やかに話をした。喪主は秋雄だったが、式の挨拶はすべて紀彦に依頼し、秋雄は客の相手をした。英美子がお茶を出したりする係だった。家でやる葬儀と違って、葬儀屋の係員も数名いるので、慌ただしいということはない。場所も広く、二階に座敷もあったので、そこで休憩もできる。便利な世の中になったものだ、と秋雄は感じた。自分の家でやっていたら、それこそ部屋の片づけをしなければならないし、近所の者も大勢やってくることになる。大変なことになっていたはずだ。

紗江子が癌を患《わずら》っていたことは、親戚の者たちは知らなかった。秋雄も話さなかったし、紗江子自身もそういった弱みを打ち明けるような性格ではなかった。だから、参列者は一様に驚いていたし、女性たちのほとんどは目を潤ませていた。

紗江子は七十二歳だった。その年齢は、今の時代では早い。平均寿命と比較すれば、そういうことになる。しかし、紀彦は、母は自分の死を覚悟していたし、また充分に生きたと考えていた。だから、最後の挨拶のときにも、そういうことを簡潔に話した。

火葬場は市営の巨大な施設だった。霊柩車には紀彦が乗り、ほかの親族はマイクロバスでそこへ到着した。まるで修学旅行のように多数の団体が集まっていて、待合室は体育館ほどの面積があった。そこで順番が回ってくるまで一時間以上も待たねばならない。お茶とお菓子があり、親戚の面々との久しぶりの話の場となる。紗江子の遺体から遠ざかったこともあって、和気《わき》藹々《あいあい》とした和やかな時間になった。ときどき、呼び出しのアナウンスがあって、そのときだけ会話が止まり、皆が聞き耳を立てる。自分たちではないとわかると、また話を再開する。紀彦の子供たちは、皆からどこの大学なの、と質問されていた。そういったことをいちいち親戚には伝えない相田家だったのである。

秋雄の妹で一番若い叔母と、紀彦は話をした。彼女は、紀彦の兄が死んだときのことを語った。その当時は、まだあの辺りも田舎だったからか、畑に櫓《やぐら》を組み、薪《たきぎ》を燃やして遺体を焼却したという。朋樹の遺体はこんなに小さかったのよ、と叔母は両手で示した。薪に火をつけるのは、両親以外で血のつながりの近い者、しかも成人しているうち一番若い者という仕来《しきた》りだったので、その役目を自分がすることになった、と叔母は語る。松明《たいまつ》に火をつけてもらい、それを薪に投げる役目だ。薪の中央には赤ん坊の遺体があった。

残酷よね、と彼女は言った。あのときの光景を今でも夢に見るの、と話す。本当は叔母が一人でしなければならなかったのだが、足が震えて前に進めなかったから、姉が助けてくれた、という。姉というのは、秋雄の妹の中では一番年長の叔母のことだった。

呼び出しがあって、棺桶を火葬炉に入れるところを見るためにぞろぞろと列になって移動した。市の係員は、これが最後のお別れです、と説明をしたが、どうして最後なのか、紀彦にはよくわからなかった。しかし、誰も疑うことなく、みんな手を合わせて黙禱《もくとう》した。

再び待合室に戻って時間を潰し、そのあと、骨を拾う儀式があった。火葬炉から出てきたトレイには、もう棺桶はなく、灰と骨だけが残っていた。それはまるで、博物館のジオラマにある遺跡発掘のシーンのようだった。それを見て、また叔母たちは泣きだした。係員が手際よく骨を拾って壺に入れた。
英美子は、灰の中に黒く焦げた金属のボルトが落ちているのを見つけた。それは、紗江子の最後の手術の跡で、大腿骨をつなぎ止めていた、虚しい役目のボルトだった。

2

秋雄は一人暮らしになったが、それでも朝起きると、無意識に紗江子を捜していることがあった。そうか、もういないのか、と何度か思い出した。どうもまだ違和感というのか、痼《しこ》りのようなものが残っているようで、妻が死んだことを認めていない部分が自分の中にあるような気がした。

話す相手も、聞く相手もいなくなり、椅子に座ってぼんやりとしている時間がますます多くなった。食事は不規則になり、腹が減ったと気づいたときに、近所のどこかへ食べにいくか、紀彦が買ってきてくれたものを冷蔵庫で探し、少しずつ出しては電子レンジで温めて食べた。火を使って調理をするようなことは、自分でも危険だと考えてしなかった。しかし、煙草は相変わらず吸っている。灰皿だけは注意をして、たびたび水をかけて湿らせておいた。リビングは裏庭側が全面、ガラス戸になっていた。ただ、そこの雨戸を出し入れするのが面倒だったので、何日も閉めたままにすることが多くなり、昼間でも照明をつけておかなければならなかった。

葬儀から一カ月ほどした頃、車庫で片づけをしているときに、重いものを持ち上げようとして腰を痛めてしまった。若いときからぎっくり腰を何度か患っているので、注意をしているつもりだった。これくらいのものは大丈夫だろう、と思ったのだが、やはり衰えているようだ。

その晩は早めに寝たが、次の日には痛みが増して起き上がれなくなった。しかたなく、そのまじっと眠っていることにした。

秋雄は夢を見た。すぐ近くに紗江子がいる。気配でそれがわかった。眠りは浅く、すぐにも目を開けられそうだったけれど、目覚めれば紗江子が消えてしまうように思えたので、そのままじっとしていた。話をするわけではない。紗江子は死んでいるのだから話すことはできないのだ。秋雄も、特になにも言いたいことはなかった。どうせもうすぐ自分も死んで、紗江子の側へ行くことになるだろう。そういったこともすべて、紗江子はすっかり承知しているはずだ。たぶん、心配になって見にきたのだろう。生きているときから彼女は心配性だった。死んだのだから、少しはのんびりすれば良いものを……。

紀彦は、父のために買いものをするようになった。その歳になるまで、彼は一人でスーパの食料品売り場に入るようなことは一度もなかった。ときどき、智紘につき合って行く程度だったのだ。

秋雄が一人暮らしになったので、毎日食べるものを届けることにした。そうしないと、秋雄は自分で車を運転し、どこかへ出かけようとするだろう。歳が歳だけに事故でも起こす可能性が高い、と心配だったので、なるべく車に乗らないようにして下さい、とお願いをした。そのかわりに、毎日買いものして届けますから、という条件を提示したのだった。

買うものはほぼ決まっていた。電子レンジで温めるだけのご飯、あとは、焼き魚か煮魚、豆腐か野菜の惣菜《そうざい》、ときどき、キムチ、梅干し、パン、お茶などの要求が秋雄からあった。こんなのはどうだろう、と紀彦が気を利かせて選んでいっても、それらは手をつけられず冷蔵庫に残ったまま賞味期限を過ぎてしまう。新しいものを試す、ということを何故か秋雄はしなかった。同じもの、決まったものを繰り返し食べているのだ。時間的に余裕があるときは、二人で外食に出かけることもあったが、秋雄は同じファミレスで、同じハンバーグ定食が食べたいと必ず言った。新しい店はどうかと誘っても、あまり行きたそうではない。そもそも、出歩くことがもう億劫みたいだった。

その日は土曜日だったので、紀彦はお昼頃、相田家に到着した。ところが家の中は真っ暗だった。雨戸が閉まったままで、照明も灯っていなかった。壁にあるスイッチをつけると、リビングで秋雄が寝ていた。最近は、その場所に布団を敷いて寝ているのである。

秋雄は目を開けていた。眩《まぶ》しそうに目を細めていたが、こちらを睨むように見ていた。いったいどうしたのですか、と尋ねると、いや、寝ているんだよ、という普通の口調の返事だった。夜でもないのに、寝てばかりいては躰に良くありませんよ、と話すと、実は腰が痛いのでしばらく養生するつもりだ、と答える。心配はいらない。買ってきたものを冷蔵庫に入れたら、すぐに帰りなさい、と言った。

その日は言われたとおり引き下がったが、翌日に訪ねると、また同じ状況だった。昨日からずっと寝ているのですか、と尋ねると、そうだと言う。では、なにも食べていないのでは、ときくと、トイレに行かなければならないので、そのときに水は飲んだ、と話す。秋雄は、特に困っている素振りはなく、のんびりと余裕の口調で語るのである。

どれくらい痛いのですか、ときき質《ただ》すと、ようやくどうしてそうなったのかという説明があった。重いものを持ち上げたのは一昨日のことだったようだ。紀彦は、秋雄に手を貸してなんとか立ち上がらせ、病院まで連れていくことにした。秋雄は痛がって、なかなか立てなかった。これはかなり重症ではないか、と紀彦は改めて知ったのである。

連れていったのは、紗江子が入院していた近所の外科である。日曜日だったが、家を出るまえに電話をしたところ、医師は在宅で、診てもらえるという。そして、秋雄はそのまま入院することになったのである。

診断はぎっくり腰だった。しばらくの間、我慢して寝ているしかない。長くても一カ月くらいでしょう、というのが医師の診断結果だった。それくらいわかっている、だから寝ていたのだ、と秋雄は苦笑した。

家で一人暮らしでいるよりは、入院してもらった方がはるかに安全で、紀彦も安心である。彼は少しほっとした。

個室が一部屋だけ空いていた。そこは、紗江子がいた同じ部屋だった。つまり、一カ月まえに紗江子が死んだ場所だ。秋雄は、少し気持ちが悪いな、とまた苦笑した。笑うくらいだから大丈夫だろう、と紀彦は思った。

秋雄に電話をしてもちっとも出ない、なにかあったのではないか、という電話が叔母たちからかかってきた。実は入院をしたのです、と紀彦は事情を話さなければならなかった。病気ではない、ぎっくり腰ですから、すぐに退院できると思います、と説明しておいた。

秋雄が入院してくれたおかげで、紀彦は毎日の買いものをしなくても良くなった。ただ、毎日病院へ行き、父の顔を見ることだけは続けた。秋雄は、家にいたときよりも元気そうだった。新聞屋に電話をして、家に届けてもらっている新聞を病院の自分の病室まで届けさせ、いつもと同じようにベッドの上で新聞を読んでいた。顎鬚をまた伸ばし始めていたが、叔母が見舞いにきたらしく、お菓子となにかの箱が置いてあり、紀彦が包みを開けると、箱の中身は電気髭《ひげ》剃り機だった。

鬚を剃れと言うのだ、と秋雄は苦笑した。ということは、伸びた鬚を見てそれを買ってきたのだから、既に叔母は二回はここへ来ていることになる、と紀彦は考えた。二人の叔母が両方来た、と秋雄が言う。一緒に来たのか、別々に来たのか、詳しいことはわからない。

相田家の建物は無人になった。紀彦がときどき車で様子を見にいった。シャッタを上げると、車を入れるスペースがある。秋雄が運転している車がそこに駐車されているが、それを奥へ詰めれば、もう一台入ったので、そこに自分の車を駐めた。

その車庫から家の中へ入るドアのガラスが割れていた。これは、秋雄が割ったものだった。鍵を中に置いたまま、うっかり自動ロックのかかるドアを閉めてしまったらしい。しかたがないので、庭の石でそのドアのガラスを割り、そこから手を入れて鍵を解除したのだ。ガラスの破片は掃き集められていたものの、まだそのまま放置されていた。これは日曜日に智紘と二人で来たときに片づけ、掃除をし直した。ガラスがあった窓枠には段ボールがガムテープで貼られていた。冷たい風が入るのを防ぐために、秋雄が工夫した結果だった。それをしたのにガラスを片づけなかったのは、いかにも秋雄らしい。最低限の労力で済ませ、あとはそのうちやろうと考えていたのだろう。

紀彦にとっては懐かしい家である。しかし、今は家中が散らかり放題だった。開けたままの引出や、そこから取り出されたものなのか、雑多な品々が無造作に床に置かれていた。

埃を被った部屋ばかりだが、少し探すだけで、古いものがつぎつぎに出てくる。高校生のときまで使っていた自分の細々としたものが、まだそのままの状態で机の引出に残っていた。ただしそれ以外は、紗江子が分別をして片づけてしまったため、何がどこへ行ったのか皆目わからない。

古い写真が貼られたアルバムが集められている場所を発見したので、そのうち自分に関係があるものは持ち帰ることにした。子供のときに工作のために集めた材料の類も持ち帰った。古い真空管やトランジスタなどの部品だった。今どきはもう手に入れることも難しい骨董品《こっとうひん》といえる。

紗江子は、消耗品を大量にストックしていた。安いときにまとめ買いをしたのだろうか。とにかく、トイレットペーパやティッシュやアルミホイル、ペーパタオルなど、押入の中に大量に仕舞われていた。秋雄が一人で使ったとしても、十年や二十年では使いきれないのではないか、と思えるほどだった。事務所の棚の中には、セロテープが箱入りで三十個はあったし、糊も二ダース入りの箱が未開封だった。各種の封筒も何束かある。切手もシートで何十枚も保管されていた。秋雄が病院から戻れば、またここで暮らすことになるのだが、あまり生活がしやすい場所には思えなかった。マンションにでも引っ越した方が良いのではないか、と智紘は言った。しかし、もしそうなると、この家に収まっているこのすべての荷物、品々は、どうなるのだろう。普通の住居ではこれほどの物品はとても収納できない。

そんなものはみんな捨ててしまえば良い、というのが順当に導かれる結論だったが、残念ながら、ことはそれほど簡単ではないのだ。何故なら、ぎっしり詰まった雑多なものの中には、見過ごせないほど貴重なものが混ざっている。紗江子は、そういう金目のものをあちらこちらに隠していた。紀彦はそれを知っている。母は宝石類もけっこう持っているはずだ。どこかに宝物があるはずだよ、と智紘に話したが、彼女はそんなものには興味がないようだった。着物だって高価なものがある、高いものは百万単位なのではないか、と紀彦が言うと、全部英美子さんが持っていかれればよろしいでしょう、と智紘は澄まして言った。こういう点では彼女はとてもドライだった。

一カ月しても、秋雄は入院したままだった。もう腰は痛くないという。自分でベッドから下りて歩くことができた。そろそろ退院だろう、と紀彦は感じていたし、来週くらいだろうか、と秋雄と話をすることが何度かあったものの、そのまままた一カ月が過ぎてしまった。

ある日、病室を訪ねた紀彦は、なかなか退院になりませんね、と秋雄に話した。すると父は声を落として、実は、ここの院長がどういうわけか退院させないでいる、そうやって金を稼いでいるのにちがいない、と言う。冗談かと思ったから、そんなことはないでしょう、と笑ったが、秋雄は難しい表情で、いや、なにか恨みがあるようでもある、おそらく、お母さんのことだろうね、と言うのだった。どうして恨まれるようなことがあるのですか、ときいたが、秋雄は、そこのところがわからんのだ、と言う。

妄想ではないか、と紀彦は思った。どう考えても、恨まれるようなことがあるとは思えない。近所とはいえ、日常的に会うような関係ではなく、そんなに近しい知り合いではない。

お父さんが想像するにはだな、と秋雄は前置きをして推測を話した。紗江子が救急車で運び込まれたときは、単なる足の怪我だと認識されていた。ここは外科だから当然だ。しかし、骨折は結局は癌が原因だった。入院して治療をしているうちに、それが明らかになり、病院としては困った事態になった。癌ならば別の病院へ行ってもらいたい。しかし、この病院は家から近かったし、紗江子もここでいいと言ったから、面倒を見てもらえませんかと医者に頭を下げ、お願いをしたのだ。しかし、結局はここで死んでしまった。この部屋でお母さんは死んだんだよ。医者は、自分の病院で死人を出されてしまった。葬儀屋が運び出すときに、ほかの患者たちから見えないように、もの凄く気を遣っていただろう。廊下に衝立《ついたて》を立てて、裏口から出したじゃないか。だから、僕のことを恨んでいるんだよ。お母さんを別の病院へ移すのを断ったからだ。そうしたら、また入院してきた。嫌がらせで、同じ部屋に押し込んだ。退院させないというのも、そんなわけじゃないかね、と秋雄は他人事《ひとごと》のようにそれを話した。少し笑っているような余裕の表情だったし、口調も穏やかだった。

まさかそんなことはないでしょう、と紀彦は言った。まあ、とにかく、退院がまだできない理由がなにかきっとあるのだから、ちゃんと先生の言うことをきいて下さい。勝手な反感を持たない方が良いと思いますよ、とだけ言って、その日は別れた。

さらに、一週間、また二週間経過したが、退院にはならなかった。秋雄は、とにかく院長が曲《くせ》者《もの》だと話す。このまま兄貴が見舞いにきたが、あそこの孫の結婚式が来月にある。それまでには退院できないと困る。どういうことなのか、お前がきいてきてくれ。自分が行くと喧嘩になってしまう、お前ならば大丈夫だ、と紀彦に言うのである。

事情はまったく理解できないが、一階にある病院の事務室をとにかく訪ねてみた。院長はそこにはいなかったが、顔見知りの婦長がいた。向こうもこちらの顔を覚えていたようだった。

相田秋雄のことですが、どんな具合でしょうか、まだ退院は無理でしょうか、と紀彦は尋ねた。すると、婦長は驚いた表情で、こう言うのである。もう一カ月くらいでしょうか。いつでも退院できますよ、とお話ししているんです。ご家族の方が迎えにこられるのを待っていらっしゃるのですよ、と。

病室に引き返し、婦長の話をすぐに秋雄に伝えた。すると、それは院長ではなく、婦長だからそう話したのだ、お前がききに言ったから、しかたがなかったのだろう、と秋雄は笑顔で言った。

秋雄は翌日に退院した。この日は、紀彦は仕事があったので、智紘に父のつき添いを頼んだ。病院から家まで、秋雄はしっかりと歩いて帰ったという。

それからまた、紀彦は秋雄のために食料品を買って届ける毎日になったのである。

紀彦は、両親のうちどちらか一人と同居をするならば、やはり父の方が楽だろう、と以前から考えていた。秋雄は理屈っぽいが、理屈が通る人だった。紗江子の方が扱いが難しい。機嫌が悪くなるときがあって、それは理屈ではない。多分に感情的なものだから、どうしようもない。しかし、智紘は秋雄のことを嫌っていた。とにかく、とても普通の人には見えない、と彼女は言う。機嫌が良いのか悪いのかもわからないし、会話はほとんど噛み合わないし、どう接して良いのか困ってしまうらしい。以前からそんな具合だったので、父のために買いものをするのも、紀彦は自分がしなければならないと考えたのである。自分の父であって、智紘には他人なのだから、当然の話である。

それでも予想としては、父の方がさきに死んで、一人残った母の面倒を見なければならなくなるだろう、というのが順当なところだった。紗江子は一人暮らしをするとは思えない。同居を望むに決まっている。自分は大丈夫だが、智紘との関係が大いに心配である。難しいことにならなければ良いが、と危惧《きぐ》するところだった。

だが意外にも、あまりにもあっさり母が死んでしまったので、この点では、ある意味で拍子抜けになってしまった。癌だったとはいえ、若いときからあれだけ入念に検査をし、早期に発見されたあとは最高の専門医の下で最新の治療を受けていたのだ。また、外見上も病人に見えるような衰えは紗江子にはなかった。本当に、足を折って入院してからの最後の二カ月はあっという間のこと、それこそ滝へ流れ込む水にも似た勢いで時間が過ぎたように、今でも思えるのだった。

紀彦は、食料品を届けるほかにも、秋雄を乗せて方々へ出向いた。入院中に見舞いにきた母方の親類のところへ、退院しましたと礼を言いにいった。それから、叔母の一人から金を借りているから、返しにいかなければならない、と秋雄が話した。秋雄のすぐ下の妹だった。金額は三万円だという。どうして金なんか借りたのですか、と紀彦が尋ねると、うーんと秋雄は唸り、なにかとものいりだからね、と苦笑するのである。

時間を見つけて、紀彦一人で叔母のところへ金を返しにいった。どうして父は金など借りたのでしょうか、と尋ねると、さあ、どうしてかわからないけれど、とにかく三万円貸してくれと言われたから、と叔母は答えた。病院でなにかを買おうとしたんじゃないかしら、と言う。

小さな病院で売店などない。病院から出ていけば商店は幾つもある。しかし、それらよりも自分の家の方が近い。鍵を持っているはずだから、自由に家に入ることだってできる。金が必要ならば、いくらでも持ってこられるはずだ。だいいち、秋雄は常に財布を持ち歩いているから、入院したときにも金を持ってこなかったということはありえない。秋雄の財布には常時、現金が二十万円以上は入っているのだ。

不可解だな、と思ったので、紀彦は後日もう一度、どうして叔母さんから金を借りたのですか、と父に尋ねてみたが、いろいろものいりだったからね、と同じ返事を繰り返すだけだった。

その後、秋雄はいたって健康で、一人で散歩ができるようにもなった。煙草の自販機があるところまで毎日歩いていくことにした、健康のためにね、と話した。健康のためならば、煙草をやめた方が良いのではないか、という提案を紀彦は控えた。紗江子が死んだ頃に比べれば、日差しが暖かくなっていたから、外を歩くのは実際に良いことだと思えた。

ところが、数日後に紀彦が相田家を訪ねると、リビングの椅子に座っている秋雄がモーニングを着ているのだった。

二週間後に秋雄の兄、つまり紀彦の伯父の孫が結婚をするので、その式に秋雄は招待されていた。そのときのために、洋服のチェックをしているのだろう、と紀彦は思った。しかし秋雄は、今日がその結婚式だと言うのである。

壁のカレンダを指さして、今日はこの日で、結婚式は次の次の日曜日でしょう、と確かめる。まさか結婚式がそんなに簡単に日程変更になるはずがない。カレンダには、秋雄自身が書き込んだ文字があった。秋雄は達筆で、まだそれは衰えていない。だからそれが今日だ、と秋雄は主張した。

たしかに、今日がいつなのかを示すものはない。新聞がないか探したが、退院をするときに、もう取るのをやめたと秋雄は言う。テレビをつけたが、残念ながら日にちは画面には出ていない。そうこうするうちに、やっぱりお前が正しいかもしれないね、と秋雄は呟いた。どうも、最近頭がおかしい。寝ているうちに狂ってしまうようだから、なるべく寝ないようにしているのだが、と話す。それは逆で、ぐっすり眠った方が良い、寝ないから、ぼうっとしてしまうのではないですか、と紀彦は言うしかなかった。

しかし、秋雄が日にちを間違えたことは、紀彦には衝撃だった。いつも冷静で頭脳明晰な人だ、というのが紀彦が父に抱いていた印象である。子供のときから、父の正確さ厳密さは際立っていた。だから、紗江子がいくらお父さんは最近惚けているから、と話しても紀彦は本気にしなかった。それは母の方がそういう被害妄想を抱いているのだろう、と逆に疑っていたくらいだった。

そして、遡《さかのぼ》って考えてみると、叔母に金を借りなければならなかった事情や、院長が退院をさせないという理由が、父が勝手に創り出した物語だったかもしれない、と思い至った。

秋雄はあと数カ月で八十歳になる。この年齢ならば、その程度の勘違いは普通にあることかもしれない。躰は衰えても、頭だけは大丈夫だろうと勝手に思い込んでいたようだ。そういえば、いつの頃からか、秋雄はずっと椅子に座って、ほとんどしゃべらなくなっていた。受け答えも単調で、ああ、とか、そうか、というくらいにしか応えなかった。口数が少ないので、惚けていることはわからない。若いときから、とぼけたようなことをよく言った。そういう性格なのだ。だから、本当に惚けていても、顕著な変化として表に出なかった。一番近くにいた紗江子は、たぶんわかっていたのだろう。だから、あんなに心配していたのだ。

じっくりと話をしてみると、秋雄は結婚式に出たかったわけではなく、まったくその逆だった。その結婚式に出席しなければならないことがプレッシャとなっていたのである。紀彦が、伯父さんに体調が悪いから欠席させて下さいと断りましょうか、と提案すると、秋雄はあっさりとそうしてほしいと返答した。紗江子の葬式のときだって、喪主の挨拶を息子に任せた秋雄である。そういった堅苦しい場を嫌っていたのである。

ただ、少なくとも外見上は、人前で話をすることが秋雄は苦手ではない。子供の頃から紀彦は、何度かきちんと挨拶をする父の姿を見てきた。ポーカフェイスなので上がったりするようなこともまったくない。落ち着いているし、むしろ弁舌爽やかに観察される。しかし、それでも本人はそういうことが嫌いなのだ。商売をしていて接客をそつなくこなすことができても、やはり秋雄はそれが嫌いだった。紀彦は自分がそのとおりだったので、父の気持ちがよくわかった。だから、もしかして、と考えて確かめてみたのである。

秋雄は、結婚式に出なくても良くなったことで、肩の荷が下りたという感じだった。明らかにリラックスできて嬉しそうだった。そういうふうに感情が零れ出るようになったのは、子供返りというのか、それだけ老いたということだろう、と紀彦は感じた。

後日、紀彦は伯父の家を訪ね、父が結婚式に出られなくなったことを謝りにいった。腰が悪いので、一人で遠くへ行くことが難しい。また、日にちを間違えて礼服を着ていたことがある、という話も正直にした。この伯父は、秋雄よりも十も歳上なのに矍鑠《かくしゃく》としている。まだ自動車を運転していた。戦時中に航空学校の教官をしていた人だから、自動車はなにがあっても墜落しないから安心だ、といつも笑っていた。数年後に亡くなったときは九十三歳だった。倒れたときに、救急ヘリが迎えにきて病院へ運ばれたという。最後の最後まで飛行機乗りだった人である。

3

老夫婦の夫がさきに死ぬと、そのあと妻は長生きをする。夫の世話がなくなり、活き活きとした一人暮らしを楽しむ例が多い。一方、妻に先立たれた夫は、二、三年のうちに死ぬ確率が高いという統計があるらしい。落胆して生き甲斐をなくしてしまうのか、食生活など環境が急変するからなのか、あるいはそもそも男性の方が寿命が短いのだから、それが当然の傾向なのかはわからない。この話は、智紘が紀彦に語ったものだった。だからお父さんも気をつけないと駄目ですよ、と彼女は言うのである。気をつけろといわれても、具体的に何をどう気をつけたら良いのか、と紀彦は考えてしまった。自分は仕事をしなければならない。ずっと一緒につき添っていることは不可能だ。また、そんなことをしたら、おそらく秋雄は嫌がるだろう。

秋雄は一度だって一緒に暮らそうと言ったことはない。実家に訪ねていったときにも、さあ用事は済んだのだから、さっさと帰りなさい、と急かされる。一度だけ秋雄と紗江子が紀彦のマンションを訪れたこともあったが、一時間もいなかった。お茶を飲んだら、さあ帰ろうか、と秋雄は立ち上がる。早く自分の家に帰り、自分の椅子に座って、のんびりとしたい。一人でいたいのだ。人と話をすること、他人のために気を遣うことが煩わしい。そういう人なのである。

だから、普通によくあるような、寂しがり屋の老人では全然ない。若者に相手をしてもらいたいのではなく、放っておいてほしいのだ。ただし、一人だけではなかなか生きられない。そういうことを、紗江子がいなくなって身に染みてわかったようだった。お茶も自分で淹れ、湯呑みも自分で洗う、そんなことの積み重ねでけっこう時間も体力も消費するものだ、というようなことは零したことがあった。しかしそれでも、誰かにやってもらいたい、という意味ではない。もしそういう意味ならば、そのとおりに言葉にする人である。そこが紗江子とは違っている。母は、なんでも遠回しにものを言った。非難するときにも、依頼をするときにも、どうか察して下さいね、というように相手の思慮を要求した。紗江子自身が、そういうふうに人の気持ちを察するタイプだったからだ。秋雄は、相手の気持ちを読み取ろうとはしない。言いたいことがあったら、きちんと言葉で表現しなさい、というのが口癖で、よく紗江子とそんな口論をしているのを、子供のときに紀彦は目撃していた。

秋雄は妹が四人もいる。上の二人の兄が出征していたので、家では秋雄が一番上、ただ一人の男だった。一方、紗江子は女姉妹の中では一番下。相手に察してほしいというのは、ある意味で人に甘えている姿勢かもしれない。甘えるというと悪いことのように響くけれど、たとえば、愛情には、お互いに甘え合える関係を築く形もある。その形が一般的だといっても良い。紗江子の愛情はその形に近いものだった。他方秋雄は、紗江子を愛していただろうけれど、それは紗江子が期待するような形ではなかったかもしれない。

秋雄が持っていた、その別の形の愛情というのは、紀彦にはよく理解できる。智紘が期待しているものと違っているという点でも、ほぼ共通しているように思われた。

愛情というのは、自分ではたしかにここにある、と感じることができるのに、その愛情を向けた相手には、不思議となかなか伝わらないものだ。

血のつながった者どうしであれば、それが伝わらなくても、そもそもデフォルトとしての信頼関係がある。スタート地点が愛情から始まっているからだ。しかし結婚相手は、このスタート点が異なる。親子には示さなくても良いものが、夫婦ではそうはいかない、ということになる。

さて、その後の秋雄は、特に問題も起こさず、体調も崩さず、一人で生きていた。のびのびといった感じではなかったが、また、弱々しくというわけでもなかった。ただ飄々と、秋雄らしくあった。

紀彦が食べるものを届け、それを自分で好きなときに温めて食べていた。紀彦は、一日どんなことをして過ごしているのか、とよく尋ねたが、べつになにもしていない、と秋雄は答えた。

いつもリビングで椅子に座っていた。その椅子は、もともとは事務所のデスクの椅子だった。少し大きめで肘掛けがあり、キャスタがついていた。ソファのようにクッションが柔らかく効いたものではない。仕事に使うための椅子である。その椅子の前には大きなテーブルがある。かつての食卓であり、秋雄ももちろんそこで食事をしていた。今は、雑多なものが上に置かれ、食事に使えるスペースは四分の一ほどしかなかったが、秋雄一人分にはそれで充分だった。同じテーブルの上の手の届くところに、電話もラジオもあった。古い新聞や手紙なども積まれていた。

テレビは隣の座敷にあったが、いつの間にかリビングに移動し、秋雄が座っている椅子のすぐ前、キャビネットの上に置かれていた。椅子に座って見ると、画面までの距離は一メートルくらいしかない。その距離でも、秋雄はリモコンを使っているらしく、テーブルの上の煙草やライタと同じ位置にそれが置かれていた。

また椅子のすぐ後ろの床に布団が敷かれている。床はピータイルだったが、そこにマットレスを置き、その上に布団が重ねられていた。その布団のすぐ横にドアがある。そのドアを開けて通路へ出れば、すぐ前にトイレのドアがある。ここで寝るのがトイレに近いという理屈で決めた場所らしい。

リビングの秋雄が座っている場所のすぐ近く、キャビネットの背に当たる壁に、縦長の細い窓が一つだけあった。波ガラスなので外の風景は見えないが、東向きで朝の明かりだけは入った。また、リビングの北側は大きなガラス戸が三枚並び、裏庭に面していた。そちらは、この頃は雨戸を閉めたままのことが多く、したがってリビングは、昼間でも照明をつけなければ薄暗かった。暖かい季節のうちは、秋雄も体調が良さそうだった。一人で散歩に出かけたりしていたし、知り合いに電話をかけたりもしていたようだ。

たびたびということはなかったが、紀彦のところへも秋雄から何度か電話がかかってきた。テレビが故障して映らなくなったから、新しいのを買いたい、電器店へ連れていってくれ、という要望もあった。このときは、紀彦の車で近所の量販店へ一緒に行き、一番安いブラウン管のテレビを購入した。紀彦は液晶の最新型をすすめたのだが、機能が多いと使いにくいし、自分の残りの寿命からすればこれで充分だ、と秋雄は言った。そういうことが言えるのは、惚けていない証拠なのではないか、と紀彦は安心した。

しかし、少し涼しくなってきた秋口には、秋雄はまた活動が鈍くなり、なにごとに対しても消極的になった。まず、家から出ないことにした。外に出なければ、着替えをしなくても良い。表のシャッタを開けなければ、人が訪ねてくることもない。どうしても必要な用事がある者は、電話をするだろう。すべてをこのような理屈でもって「合理化」していったのだ。

紀彦が休みの日の昼間に訪ねていったときにも、部屋の照明が灯っていないことがあった。秋雄は薄暗いリビングで椅子に座っている。うたた寝をしていたようだった。寝間着のままで、ガウンだけを羽織っていた。

幾度かそういうことが重なり、問い質してみると、着替えをしていないという。それどころか、布団で寝ていない、夜もこの椅子に座ったまま寝ているのだ、と話した。一度横になってしまうと、トイレのために起き上がるのが大変で、椅子に座って寝ていれば、その必要がなく楽だという理由だった。では、風呂はどうしているのですか、ときくと、ときどきシャワーを浴びている、と答えた。

まあ、そんなに心配することでもない、と秋雄は笑って話す。紀彦はしかし、そういった生活習慣は良くない兆候だと思った。起き上がるのが大変だとは、腰がまた痛いということなのでは、と尋ねてみると、この歳になれば、いろいろ不具合はある、しかたがないことだ、と秋雄は言う。

それから、買ってきた食材が減っていないこともあった。きいてみると、冷たいからね、と答える。これは電子レンジで温めて食べるものですよ、と言ったが、秋雄は軽く苦笑いをするだけだった。食べることさえ面倒になったということだろうか。

とにかく、億劫だと思えても、着替えをしたり、顔を洗ったり、ご飯の用意をしたり、ということをきちんとして下さい、とお願いをした。秋雄は、はい、わかった、という調子の良い返事をする。

テーブルの上の大きな灰皿には、秋雄が吸った煙草が山盛りになっていた。秋雄はヘビィスモーカだから、椅子に座ったまま寝るような生活であれば、煙草を吸いながら寝てしまうことだってあるだろう。火の始末には充分に気をつけて下さい、と念を押しておいた。

秋雄は、もともとそういうことに対して、人一倍気をつける質《たち》だった。火の始末、ガスの元栓、家の施錠《せじょう》など、念には念を入れて確認をする。家族の者はみんな何度も秋雄から注意をされていた。だから、その秋雄に対してそんな当たり前のことを言う立場になるなんて、紀彦は思ってもみなかった。

子供のときの紀彦にとって、父は完璧な人だったのだ。絶対的に信頼できる人格であり、自分もそういう大人、そういう男になろうという目標だった。それが、紀彦が父を尊敬していた基本的な動機の一つでもあった。

だから、近頃の父を観察していると、人生の一つの拠《よ》り所《どころ》が、少しずつ風化して崩れていくように感じた。不安というのでもなく、また憤りというのでもない。ただただ不思議で、奇妙な感覚だった。

紀彦は既に四十代の後半である。今さら、年老いた父の衰えた様を見ても、自分が揺らぐようなことはない。それでもやはり、できることならば、見たくない、認めたくない、という気持ちがあることは確かだった。自分の中で、これをどう再整理し、どこへ片づけるのか、といった問題だった。

祖父母がいなかった相田家では、老人の生き様というものが身近になかった。その種のものは、小説やドラマの中でしか見たことがない。それに、赤の他人ならば、べつにどうということはない。そのまま受け止め、適切な処理ができる。老人に対してどうすれば良いのか、ということは理屈ではわかっているからだ。

しかし、自分を育ててくれた親、血のつながった人間というのは、どこか自分の一部のように感じられる部分がある。つまりそれは、自分の指とか、自分の皮膚のようなもので、怪我をしたところで大事には至らないけれど、しかし、やはり痛みはしっかりと伝わってくる。それが血縁というものではないか。ほかの大勢の人間たちとはまったく違う存在なのである。

それから一カ月ほどしたある日、紀彦が実家を訪ねると、秋雄は、もう一人で生きていくのが大変だと充分にわかった、老人ホームへ入りたいから、良いところを探してくれないか、と言いだしたのである。

4

この頃の紀彦は、紗江子の遺産のことで苦労をしていた。紗江子は、自分の方が長生きをすると考えていたので、何千万円もへそくりを蓄えていたのである。貴重品が家のどこかに隠されていることはわかっていたが、それらを見つけ出すことは並大抵の作業ではなかった。

紗江子の家計簿がまず簞笥の引出の中、衣料品の下から発見され、その中にへそくりの隠し場所のヒントらしきものが書かれた箇所が見つかった。そう、ヒントしか書かれていなかった。ずばりどこにあるとは記されていないのである。おそらく紗江子としては、万が一の場合に忘れっぽい秋雄が思い出せるように、とヒントを書き遺したのだろう。だが秋雄はそのヒントを見ても、さっぱりわからない、と言うだけである。

しかたがないので、紀彦は時間があるときに、部屋の方々で棚を開け、箱を出し、中身を確かめた。智紘も一緒に来て、二人で宝探しをしたこともある。二階で二人がその作業をしているときも、秋雄は一階のリビングで椅子に座っていた。二階へ上がってきたことは一度もなかった。

見つかった一番新しい家計簿に、銀行や郵便局から届いた葉書や通知書の類が挟まれていたので、どこに口座があるのかはだいたいわかった。全部で八つの銀行だった。しかし、通帳などは一つも見つからない。これらはばらばらに隠されているようで、それぞれの隠し場所のヒントが書かれていたのだが、あまりにも難しすぎる。たとえば、「東に鳥の声がする、他国の歌姫が見つめる先」というような具合である。何のことなのか、心当たりはまったくない。大変独り善がりなヒントとしか言いようがなかった。紗江子が生きているうちに、もっといろいろ尋ねておくべきだった。

しかし、数あるヒントの中で解けたものも一つあった。「菱餅《ひしもち》が三個あります。でも、カンカンになっては負けですよ」というヒントだった。これは智紘が思いついて見つけたのだが、古い三菱銀行のマークが入った木製の箱があって、その中にあられや煎餅《せんべい》が入っていた缶があった。その缶の中には、さらに小さな缶が入っていて、ようするにこれがカンカンということらしく、その中から紗江子の銀行印が見つかったのだ。

のちに智紘は、押入の布団の中に手当たりしだい腕を差し入れるという捜索方法で、札束が入った封筒を見つけたことがあった。どうやら、へそくりを隠す場所には、やはり女性ならではの発想というものがあるらしい。だいたいこのへんでは、とピンと来る場所で見つかる確率が高い、と智紘は言うのである。そういう理屈のないものは、紀彦にはお手上げだった。

通帳自体はどうしても見つからなかった。けれど、お知らせ葉書をみれば、口座があることは明らかだったので、銀行や郵便局へ電話をして、手続きをしようと紀彦は考えた。しかし、これがもの凄く面倒なのである。

まず、死んだ人間の戸籍の履歴を出生に遡ってすべて用意しなければならない。普通の戸籍と違って、昔のものだから、家長が変わるごとにすべて書き改められ、転居をしていれば別の役所へ問い合わせなければならない。手書きで読めない文字が多かったし、また不備や間違いも多々ある。これを八つの口座それぞれに対し、全部原本で用意しなければならず、その手数料だけでも何万円もかかった。また、昔の記録を探してもらうのに、役所で二時間以上も待たされたこともあった。

本人の戸籍が揃っても、遺産を相続するためには、相続人すべての承認を得たという書類を作り、また全員の戸籍や住民票、それに印鑑証明が必要になる。

時間と労力が馬鹿にならないので、紀彦は途中で投げ出してしまった。べつに急ぐことではない。没収されるわけではないので、いつか相続手続きをすれば良い。金に困るようなことになれば、自分ももっと熱心になれるはずだ、と紀彦は思ったのだ。

紗江子の口座は、金額を全部合わせると実に、八千万円近くにもなった。そんな大金をへそくりで貯めていたのだ。秋雄もまったく知らなかった。お母さんは、貯金を持っているようだ、というくらいのことしか認識していなかった。紗江子は自分で仕事をして稼いだことはないから、家計をやりくりしながら、少しずつ貯めたものだろう。

相続税を支払わなければならないだろうと思い、税理士に相談をしたところ、今回の場合は無税だという。まず、五千万円が基本で、それに、相続する人数当たり一千万円を加えた金額までが控除の対象になる。今回の場合、相続するのは秋雄、紀彦、英美子の三人なので、つまり八千万円まで無税なのだ。その金額を超えると、超えた分の半額近くが税金として徴収される。相続税は、相続人の誰が納めても良い。そもそも、遺産自体が、どのように配分して相続しても良い。相続人どうしで話し合い、勝手に決められることだ。ただ、揉めたときには原則となる比率があるらしい。

世間では、よく相続税が大変だった、ほとんど税金で持っていかれた、などと話す人が多いが、それは、もの凄い金額の遺産だということになる。庶民はそれほど心配する必要はない。紗江子が相続税のことを考えて、税金を取られないぎりぎりの額を蓄えていた、ということはたぶんないだろう。偶然その金額だったというだけだ。現に、この数年後には税制が改まり、もっと低い額でも徴収されるように変更されている。

紀彦の場合、もう子供たちも成人していたので、特に金に困るようなことはなかった。紀彦も智紘も、贅沢をしたいという欲求がない。自分の好きなことをしていられれば幸せだという人種である。若い頃に比べれば充分な高給を取っていたし、それ以外にも、研究の合間に書いた技術書の印税や、開発したものの特許料などで、毎年数百万円の収入があった。知らないうちに貯金が増え、今すぐ仕事を辞めても、十年以上は食べていけるのではないか、と智紘と話したことがあった。二人は、貧乏な生活に慣れ親しんでいて、今でも質素な生活に変わりはなかった。

だから、紗江子の遺産が二千万円以上も手に入るとわかっても、紀彦は、べつにどうという感じはしなかった。手続きが面倒だから、このまま放っておこう、と思ったくらいだ。智紘に遺産の話をすると、それは私がもらえるお金じゃありませんし、と彼女は言った。でも、ハンドバッグを一つくらい買ってもらおうかしら、などとも言うので、値段を尋ねたら、八万円だという。それくらいなら、今でも買えるではないか、と紀彦が笑えば、いえいえ、そんなもったいない、と智紘も笑うのである。おそらく、大金を手にしても、煩わしいだけのことだろう、というのが、二人の結論だった。

それは秋雄の場合も同じで、べつに金はいらん、と断言した。それはそのとおりだと紀彦も思った。秋雄は、もう金を使うことも面倒だと考えているのである。

ただ、英美子だけはそうではなかった。双子の娘がもうすぐ高校に上がる時期で、これから教育費がかかる。できれば私学にやりたい、と彼女は考えていた。双子だから、すべてが二倍必要である。少しでも現金がほしい、と英美子は打ち明けた。

だから、紀彦は妹のために、暇を見つけて銀行や郵便局や役所へ足を運び、少しずつ相続の手続きを進めていった。一つの口座に一カ月くらいかかった。あと七つを順番にこなせば、八カ月かかる計算だった。だいたいのやり方がわかったので、もっと楽になるだろう。

そんなときに、秋雄が老人ホームに入りたい、と言いだしたため、この遺産相続手続きの作業を後回しにして、老人ホームを探すことになった。

まずインターネットで調べ、パンフレットを請求して取り寄せた。老人ホームといっても、いろいろな形態がある。病院のようなところ、普通のマンションのようなところ、あるいは、集団生活を強いられるところと、比較的プライベートが尊重されるところがあった。

それらのパンフレットのうち有望なものを選んで、秋雄に見せた。最初は、どんなところが良いと具体的なことを秋雄は言わなかったのだ。一言だけ、こんなふうに理由を語った。自分は、いつ死んでも良いとずっと考えてきたが、お母さんが亡くなって、あの人の分を少し生きてやらなければならないと思うようになった。そういう夢を見たんだよ、と。

まあ、簡単に言えば、もっと生きたいという希望だな、と秋雄は冗談のようにまとめた。もっと生きたいというのは、誰でもが常に持っている常識的な希望というのか、あまりにも普通だし、それを願わない生きものなんていないだろう。わざわざそれを「希望」とは言わないくらい当たり前のことである。生きるということが、すなわち生きたいと思うことと同義といっても良い。

しかし、そういうことを父の口から聞くことは、紀彦には大いなる驚きだった。なにしろ常人離れした人だと認識していたのである。こんな普通のことを言うとは思わなかった。最も生きものらしくないのが、秋雄の人柄なのである。

それでも、生きたいという意欲があるのは、実に良い傾向だと評価できた。近頃の秋雄は、あまりにも投げ槍《やり》で、生きることさえ面倒だと考えているのではないか、と心配していた紀彦である。

パンフレットを見せながらいろいろ話をきくと、条件はまず、煙草が吸えることだという。これはいかにも秋雄らしい。そうなると、個室の方が良いですね、と言うと、それは、まあそうだね、と頷く。二つめの条件は、黙っていても食事が出ること。黙っていても、というのが変な表現だったが、これについては、どのホームでも大丈夫そうだ。食べさせずに放っておくようなところはないはずである。

秋雄は、基本的に個人主義だから、友達や話し相手が欲しいというような要望は一切ない。むしろその反対で、一人にしておいてもらいたい。自分の部屋に籠もって、テレビを見たり、ラジオを聞いたりできればそれで良い。自分の部屋で煙草が吸えるかどうかはわかりませんよ、といちおう紀彦は話しておいた。健康面から考えても、煙草はやめた方が良いにきまっているし、近頃の施設はどこも禁煙か分煙になっているはずだ。

個室があるような施設となると、費用がかなり高額になる。しかし、秋雄はそれは大丈夫だと言う。それくらいの蓄えはあるし、年金ももらっている、と。

そのあと、候補を絞って、紀彦は実際に施設を見にいき、ざっと説明を聞いてきた。あまり遠くない方が秋雄も安心だろうし、父の顔を見にいくにも近い方が便利だ。秋雄は、ときどき自分の家に帰ってきたい、と話した。つまり、相田家が無人になるから、それを心配しているのである。

今、秋雄が一人で住んでいる家は、表がバス通りで、車も人も往来が激しい。両隣にはぴったりと建物が迫っていて、人が入れるような隙間はない。裏はマンションが建っているが、高低差があるため、高い塀で仕切られている。つまり、それら三面から人間が侵入することはほぼ不可能だった。また、商売をしていたこともあって、表は全面シャッタが下ろせるし、賑やかな場所だから人目にもつく。表から侵入することも無理があるだろう。裏庭も、家以外からは出入りできない。こんな状況だから、泥棒が侵入することはおろか、たとえば放火をされるような可能性も極めて低い。したがって、長期間留守になっても、それほど心配することもないだろう、というのが紀彦の考えだった。ときどきならば、自分が見にもいける。

なによりも、秋雄がホームに入ってくれたら、紀彦は安心だ。父がこれを言いだしたとき、智紘にそれを話したら、彼女は、ああ、お父さんは偉いわね、と呟いた。どうしてか、と紀彦が尋ねると、普通だったら息子と一緒に住みたいと言うんじゃないの、と言う。

同居をするという発想は、紀彦には最初からなかった。それはたぶん、秋雄も同じだろう。父と子が一緒に暮らすということは、相田家では普通のことではなく、異常なことなのだ。一家に二人の男がいるのは不自然だ、というのが彼らの道理だったのである。

一人前の男ならば、独立して生計を立て、自分の城で家族を守るのが責任である。したがって、たとえば父に対して、一緒に住みませんか、と息子が言うことは、もう貴方は一人前ではない、と宣言しているようなもので、大変に失礼なことだったし、また、父が息子にそれを頼むというのも、父としてのプライドが絶対に許さないことだ、と考えていたのだ。

それ以前に、そもそも自分一人だけの時間と空間が好ましい、という絶対的な指向がある。他者と一緒にいること、生活を共にすることは、たとえ愛する者どうしであっても、その基本的な指向を抑制し、我慢をすることでしか成り立たない。それは、生きていくために、商売をしなければならなかった、というのと同じ妥協である。そういう理屈が確かにあった。秋雄はそう思っていたし、大人になって紀彦もそう考えるようになっていた。これは、言葉で教えられたものではなかった。父の生き様に現れていたのだ。それを見て、その跡をたどった結果だったといえる。

ほどなく有力候補が絞られ、秋雄と相談した結果、第一希望のところへ一緒に見にいくことにした。こういった施設は新しいものでなければ、タイミング良く空室がないかぎり入居できない。金を出せばいつでも入れるというものではない。

第一候補は、ちょうど空いている部屋が一つあった。また、第二候補は、三カ月後に完成する新しいもので、現時点で四室の空きがあった。いずれも場所は近いし、費用も同じくらいだった。食事や部屋や介護など、すべてを含めて一カ月に十五万円ほど必要になる。また、それとは別に、入居時に約三百五十万円を支払わなければならない。これは短い期間で出ることになった場合には、ある程度は戻ってくる保証金のようなものだが、五年以上入居すれば全額戻らない仕組みだった。ほとんどの人は死ぬ間際まで、つまり病院へ移されるまではそこにいる、ということになるのだろう。

日曜日に二人で見にいった第一候補の施設は、とても新しく綺麗だった。部屋は六畳くらいの広さで、これとは別にクロゼットやトイレや洗面所がある。紀彦の息子が大学生のときに借りていた下宿よりもはるかに立派だった。また、ベランダに出ることができ、外には田園風景が広がっていて環境も素晴らしい。お風呂は別のフロアだが一日おきに入ることができる。入居しているのは五十人くらいで、一階の食堂は明るく広かった。

コミュニケーションを大切にしているので、食事は食堂で食べてもらっています、と職員が説明してくれた。これには少しがっかりした秋雄の様子だった。自分の部屋で一人で食べたかったのだろう。

また、煙草については、一階の事務所の横に喫煙スペースがあって、そこでしか吸えない。それ以外は全館禁煙、つまり個室では吸えないことがわかった。秋雄はこれにも、やはり不満げだった。だから、帰りの車の中で、あそこで良いよ、と秋雄が言ったときに、紀彦は少し驚いたのである。

おそらく、ほかの施設でも、食事や煙草の条件は同じだろう、と秋雄は言った。そのとおりだと紀彦も思う。この際ですから、煙草をやめてはいかがですか、と進言はしておいたが、そう言う紀彦も、三十代の後半まで煙草を吸っていたのだ。だから、煙草の美味しさはよくわかっていた。まして、秋雄は六十年も吸い続けてきたのだ。なにもしたがらない秋雄が、煙草だけは欠かさず吸っている。そんな少ない楽しみを、どうして今さら無理に取り上げられるだろうか。

四十代の心臓発作騒ぎのあとは、秋雄はこれといった大病をしていない。ただ、健康診断では結核で陽性の結果が出たことがあった。結核というのは、昔ならば死を覚悟しなければならない病気だが、画期的な治療法が発見されて以来、病名さえほとんど耳にしなくなった。これは肺の病気である。そんなことがあっても、秋雄は煙草を吸い続けていたのだ。昔から、自分はいつ死んでも良い、と言い続け、その後は、既に想定された人生の時間をとっくに超えていて、今はオマケのようなものだ、と笑って話していた。それがもう二十年以上もまえのことなのだ。

結局、煙草のことも了解し、秋雄は一カ月後からそのホームに入居することになった。特に支度をする必要もなく、運び入れる物品で大きなものといえば、愛用の肘掛け椅子と、買ったばかりの安物のテレビだけだった。近いので、衣料品などはまたいつでも必要な分だけ補充すれば良い。秋雄を自宅に連れて戻っても良いし、紀彦が届けることだって簡単だ。それくらい新しく買っても知れている。

ホームのすぐ近くにコンビニがあったので、許可を得れば、一人でそこへ買いものにいくことも可能だという。それは、見学のときに秋雄が職員に質問していた。おそらく煙草を買いにいく算段をしていたのだろう。

ホームの通路や食堂で出会う老人たちは、みんな秋雄よりも老けて見えた。歩くのも覚束《おぼつか》ない人、表情も視線もまったく動かない人、あるいは、じっとこちらを睨んでいる人、震えが止まらない人、職員になにか言い続けている人など、問題のない状態とは思えなかった。そういう人たちが廊下を歩いていて、普通の人は自分の部屋から出てこないのかもしれなかった。

それに比べれば、秋雄はまだ元気で、つまり死からはまだまだ遠いように感じられた。昨日まで一人暮らしをしていたのだから、それはそのとおりだろう。こういった施設に入るのは、やはり一人ではとても生きられない人たちなのである。

かつては、こんな施設はなかった。老人の世話は家の者がするのが当たり前だった。大金を老人のために費やすこともなかったはずである。昔に比べて、老人の数は圧倒的に増加しているし、また、社会も豊かになった。老人のために支出できる人が増え、介護をする人や施設がビジネスになった、ということなのだろう。

老いたときに自分の世話をしてもらうのは、金で雇われた他人の方が気が楽だ、という考え方がある。秋雄は確実にそう考えていただろうし、紀彦もまた自分もそうだと思った。自分の息子や娘にそういったことをしてもらいたいとは思わない。田舎の大家族で育てば、こういった価値観にはならなかっただろうか。

いずれにしても、秋雄に関する心配事は、これで一挙とはいかないまでも、大部分が解消された。事故や怪我があってはいけない。なにかあった場合に、一緒にいられなかったことを後悔するかもしれない、という不安が常にあったからだ。また、食料品を一年間毎日届けたのだが、そういった労力もこれでいらなくなった。

紗江子が外科に入院して以来、一年半振りに、紀彦と智紘は二人でちょっとした旅行にも出られるようになったのである。

5

紀彦は、一週間に二、三回ホームへ足を運んだ。場所は変わっても、秋雄は相変わらずだった。以前にリビングにあったのとほぼ同じ配置で、肘掛け椅子があって、ベッドがあって、テレビがあった。椅子は部屋のほぼ中央だった。秋雄はいつものように深く座って、目の前に置いたテレビを見ていた。テレビは、キャビネットの上にのっていたが、そのキャビネットは、リビングにあったような大きなものではなく、以前にテレビが座敷にあったときにのせていた前面がガラスの収納ケースで、それを持ってきたのである。その中には、なにも入っていなかった。入れるものがない。秋雄の持ち物というのは、極めて少なかった。書物や手紙なども何一つ持ってはこなかった。

こんな不便がある、というような不満はまったくなかったものの、細かい要求はときどきあった。ハサミを取り上げられたので、また持ってきてほしい。お菓子を食べるのに、封を切らなければならない。ハサミがなければお菓子が食べられない、と秋雄が言ったことがある。

紀彦は、その「取り上げられた」という表現が引っかかったので、帰るときに事務室にききにいった。すると、刃物類は危険なので個室には置けない決まりになっています、と言われた。たしかに、それが危ないという年寄りもいるだろうとは思った。お菓子を食べるために必要だと言っているのですが、と説明すると、必要な場合は事務所に来ていただくか、職員を呼びだしてもらえば、いつでもハサミをお貸しして、その場で使っていただくようにしています、と言う。さらに、相田様にもそれはご説明をしました、と職員はつけ加えた。

ようするに、事務所へ借りにいくなどという面倒なことはできないので、こっそりハサミを持ってこい、という意味で秋雄は紀彦に頼んだのだろう。ハサミではなく、刃が表に出ていないタイプの、封を開けるための道具ならば良い、という確認をして紀彦は引き下がった。

実家へ行き、その開封をするための道具を探したところ、台所の引出の中に複数入っていた。一つは新品で箱に入ったままだった。紗江子が整理し、ストックしていたものだ。秋雄が、あれはないのか、と言えば、紗江子はたちまち適切なものを出したことだろう。

英美子の一家が訪ねてきたときにも、紀彦は一緒にホームへ行った。秋雄が入っている個室のすぐ前に、そのフロアの談話スペースがあって、テーブルと椅子が幾つか並んでいた。大きなテーブルだったから、大勢で向き合って話もできる。しかし、館内はひっそりとしていて、そこに座っている人間を見かけたことがなかった。いつでも使えたので、紀彦一人のときも、部屋を出て、秋雄と二人でそこで話をすることもあった。その間、個室のベランダ側の戸を開けて、通路側のドアも開けておく。秋雄は、空気を入れ換える、と言った。そういえば、若いときには、秋雄はよく部屋の空気を入れ換えた。冬でも窓や戸を開放して、冷たい外気を取り込むのである。主に自分が吸っている煙草の煙を気にしていたのだろう。最近はそんなことはしなくなっていたから、これも父が元気になった証拠だと紀彦は思った。

秋雄は、その談話スペースで煙草が吸えれば良いのだが、と話した。エレベータに乗って一階まで下りていかないと煙草が吸えないのが面倒だと言う。そんなに面倒ならば吸わなければ良いのではありませんか、と英美子は笑った。英美子の二人の娘も来ていた。もう高校生だった。

食堂も一階にある。そこへ食べにいくのも、秋雄には面倒なことだっただろう。食堂には、いつも数人の老人の姿があった。職員も近くにいるため、誰かと話がしたい者はそこへ集まるようだった。また、週に二、三度なにかイベントが企画されていた。クイズをしたり、一緒に踊ったり、というようなもので、まるで幼稚園のようだった。秋雄はそれにも苦笑していて、あんな馬鹿馬鹿しいものに参加できるか、と零したことがあった。

秋雄は直接は言及しなかったけれど、職員が入居者の老人たちに対して、子供相手のように言葉をかけるのを、何度か紀彦は目撃した。たとえば、「ご飯はもう食べたの?」というような言い方である。そういうふうに老人を扱うのが普通らしい。相田家にはありえないことだった。本当は、「食べましたか?」でも、不適切だろう。歳上の者には敬語を使い、「召し上がりましたか?」と丁寧に接するのが礼儀である。「どうしたの?」「大丈夫?」などと親しげに若い職員が話しかけるのを、秋雄はよく我慢をしているものだ、と紀彦は感じた。

世話をしてもらうのだから、それくらいはしかたがない、と秋雄は考えているのだろう。もちろん、職員の側にしてみれば、それが愛情ある接し方ということになっているのかもしれない。老人は惚けてくれれば確かに幼児のようなものかもしれない。そういった親しみを切望している老人も実際に多いのかもしれない。けれども、それはやはり人間の尊厳というものに対して、なにか間違っている態度ではないか、と紀彦は考えるのである。

相田家にある電話は、最初はホームの個室へ移す計画だった。しかし、どうせろくな電話はかかってこないから必要ない、と秋雄が言った。それに、入居する半年ほどまえに、紀彦は携帯電話を新規に契約し、老人向けの機種を購入して秋雄に渡してあった。そちらが使えるので、秋雄との連絡は可能だった。紀彦からかけても秋雄は滅多に出ないが、秋雄の方からはときどき電話がかかってくる。例外なく、必要な物品を買ってきてくれ、という要求だった。電話に出ない理由を、気づかなかった、と秋雄は説明したが、おそらく、出るのが面倒なのだろう、と紀彦は思っている。こんな場合も、以前だったらなにかあったのではと心配になったものだが、今はホームなので心配はなくなった。

ホームには医師も定期的に訪れる。床屋も出張してくる。秋雄も散髪をしてもらい鬚も綺麗に剃った。一年まえよりも若返って見えた。

一年間ほどは、秋雄は大人しく、問題も起きなかった。しかし、あるとき紀彦は、ホームの職員に呼び出された。秋雄が隠れて煙草を吸っている、話をしてもそんな覚えはないと認めない、ということについての相談だった。監視カメラで室内の様子を確認することができる。また、明らかに煙草の匂いがするのでまちがいない。私たちが話すと、秋雄さんは怒って黙ってしまうのです。息子さんから、説得をしていただけませんか、と言われた。煙草とライタは今はお預かりしています、と現物を見せてくれた。五箱くらいあったし、ライタも三つあった。既に何度かそういう騒ぎを繰り返しているらしい。

秋雄の部屋で二人だけでその話をすると、言い掛かりをつけられている、と秋雄は説明した。自分は煙草なんか吸っていない。本当だ、と白《しら》を切った。いえ、カメラで録画されているから証拠はあるそうです、と天井を指さすと、秋雄は黙ってしまった。

息子からこんなことを言われるのは、秋雄には精神的なショックが大きかっただろう。職員とならば喧嘩をすれば良いが、息子には謝ることも難しい。とにかく、火の元が危ないし、健康にも良くはありませんから、お父さんのためにみんなやっていることなんですよ、と説明をして帰ってきた。

秋雄はそれ以来、煙草を吸わなくなった。紀彦は、それでほっとしたということはなかった。どちらかというと、悲しかった。今でも、その煙草のことを思い出すだけで、彼は涙が出る。自分がお願いしたことだったが、なにもかも取り上げてしまって良いはずはない。煙草を吸うことは、父の小さな自由だったはずである。もしかしたら、生きることよりも、それは大事だったかもしれない。そう考えると、やはり悲しみしかないのだ。

年老いて死を迎えるということは、そうやって、少しずつ自由を奪われることなのだろう。子供の頃から成長し、一所懸命働いて、少しずつ獲得してきた自由を、今度は手放していかねばならない。すっかり手放してから、あの世へ旅立つのである。

三カ月に一度、職員と家族が話し合う機会が設けられていた。どんな問題点があるのか、なにか要望はないか、というようなことで相談したり、確認したりする。また、担当者からは、このようなメニューで行いたいという計画が出され、家族はそれを承認し、捺印しなければならない。あとで文句を言われないように、というビジネス上の手続きらしい。

秋雄は、とにかく性格が暗い、と言われた。機嫌が悪いようだ、と職員は話す。それはここに入る以前から、若いときからずっとそうなんですよ、と紀彦は説明をした。意味もなく笑顔を見せる人ではない。それから、親しげに話しかけられると、逆に警戒するかもしれない、とも言っておいた。そういう傾向は、紀彦も同じである。親しげにする人は、どうも胡散《うさん》臭く感じてしまう方である。

それ以外では、特に大きな問題はなく、食欲もあるようだし、血圧が少し高いことを除けば、健康上も問題はない、という説明だった。

施設の建物は、全室冷暖房完備だから、一人暮らしをしていたときよりも快適であることはまちがいない。寒くなると腰が悪くなることもホーム側に伝えてあったが、入居以来一年が過ぎてもその症状は現れなかった。一人暮らしでは、ちょっとしたものを移動させたり、階段を上がったり、夜は冷えるトイレに行かねばならなかったが、この悪条件は物理的に解消された、というわけである。

ただ、それでも紀彦は、自分ならばこの施設には入れないだろう、と考えていた。というのは、秋雄は無趣味で特になにもしないでも時間を過ごせる人だが、紀彦は、毎晩工作をするのが楽しみだった。金属を削ったりしてものを作っている。そういう作業は、この施設ではできそうもない。ハサミが部屋に持ち込めないのだから、工具の多くは到底許してもらえないだろう。風景写真を撮りたいとか、園芸がしたいといった、屋外でやりたいことがある人間は、部屋に閉じ籠もること自体が無理だ。そこがどんなに快適であっても、である。可能な趣味といえば、読書くらいではないか、と思われた。

秋雄の場合、絵を描く趣味がここでは適している。でも、油絵の道具は許されないかもしれない。色鉛筆とか、水彩絵の具がせいぜいだろうか。ただ、今の秋雄には、そんな芸術的、創作的な意欲はもう思い出すことさえできないのかもしれなかった。

入居している老人たちの大半は、そういった気力を完全に失った人なのだろう。だからこそ、施設側としては、クイズをしたり、歌をうたわせたり、といった「遊び」を提供する。ほとんど幼稚園児相手に等しいイベントを企画している。近くへ遠足に出かけることもあるそうだ。秋雄はそういった用意されたメニューには一切参加しなかった。だから、職員は心配をしていたのだが、それは秋雄が惚けているからではなく、もともとそういう性格だったのである。

紀彦も、自分がここにいたら、絶対に参加しないと断言できた。もし、この生活を強いられた場合には、もう工作は諦めて、本を読むか、文章や絵をかく以外にないだろう。コンピュータさえ部屋に持ち込めれば、いろいろ世界も広がるだろうけれど、今の年代の老人にはそれは難しい。ただ今後は、そういった仮想空間で老人が自由に振る舞えれば理想的だな、とは少し考えた。

秋雄の世話をする労力と時間が減ったことで、紀彦は、紗江子の遺産の処理を進めることができた。英美子が金を欲しがっているから、彼女のためにという気持ちで頑張った。これまで、妹のためになにかをしたという記憶はほとんどなかったから、今回は、兄としての責任が果たせると考えたのである。

紀彦自身はといえば、国立大学での給料は毎年着実に上がるので、就職したときに比べれば四倍もの高給を得ていた。若いときは、今よりもずっと勤務時間が長かったのに、である。勤務時間が長かったのは、夢中になっていたからだ。楽しかったからだった。最近では、つまらない会議ばかりで疲れてしまう。研究面では指示をするだけで、実務は助手や学生たちに任せるしかない。つまり、研究者としては既に実戦から退いたような立場だった。面白いことだったらいくらでも時間を使えるが、いやいややっている仕事になると、無理をしない。早めに帰ってくるし、休日もしっかりと休む。それなのに給料は上がっていくのだから不思議な感じがずっとしていた。もらえるものは素直にありがたいと思う。しかし、なにか間違っているのではないか、とも考えるのである。

家族の出費も減っていた。子供たちは成人をしたし、新しく揃えなければならないものは滅多にない。住むところだって、広さは充分で、むしろもっとコンパクトな生活に切り換えても良いのではないかと思うほどだった。紀彦も智紘も、工作をしたり絵を描いたりといった自分だけの時間を楽しみにしている。趣味に金がかかることもない。二人は外食をほとんどしないし、高い洋服が欲しいとも思わなかった。旅行にいくことも稀で、金の使い道がない、と表現しても良いほどだった。

したがって、貯金は増える一方で、これはつまり、今のうちに貯金をして老後に備えなさい、という社会のシステムだろうね、と二人は話し合っていた。金銭的な欲望というものはなく、資金が余っていても、投資をしたり、株を買ったりということも興味がない。増やす必要などないからだ。投資どころか、定期預金さえ作らなかった。自分が稼いだ金は、その金額の価値であって、なにもしないでそれが増えるなんてことは、どこか間違っている、と紀彦は考えていたのである。

両親に関しても、自分たちはとても幸せだね、と紀彦と智紘は何度も話をした。親に借金があるわけでもなく、介護に時間を取られるということもなかった。相田家だけでなく、智紘の実家も同じで、両親は自分たちの金で生きている。子供に援助を求めるようなことはなかった。

動物の生き方としても、子供が老いた親の面倒を見ることは自然界にはない。だからそれは、もともと不自然なことなのである。人間だけがそれをしてきた。それが人間の美徳とされてきた。しかし、家族がしていたその役割を、今は社会が効率良く担おうとしている。そういう新しいシステムを人間味がないと批判する人も多いだろう。けれど、それはやはり育った環境の違いとしかいいようがない。紀彦も智紘も、偶然にも老人のいない家庭で育った。そして、両親の考え方、価値観がそのまま彼らに受け継がれたのである。

親は子供と一緒に暮らしたいものだ、子供に面倒を見てもらうことが本当の幸せだ、と二人はまったく考えていない。親がそもそもそれを望んでいないのである。自分の始末は自分の中でつける。それが人間の尊厳であり、すなわち幸せだという価値観である。

どちらが正しいとか、間違っているというのではなく、それぞれに信じる者が、信じたとおりに生きられれば良い。他者に対して、こうあるべきだと非難したり、説教するようなものでは基本的にないはずである。

ただ、感謝をしなければならない、ということは確かだと感じられた。親がそう考えて生きていたこと、自分たちに負担をかけないように考えてくれたことは、まちがいなく子供に対する愛情の現れであり、ありがたいことである。

それをなにかの形で返すことができるとしたら、自分も子供たちに、その愛情を持つ以外にない。親に直接返すことはできない。それが自然の摂理《せつり》、生物の生態というものだろう。

親孝行という言葉があるけれど、それは親の面倒を見ることではなく、人間として成長し、立派になり、親の生き方を真似つつ、自分の人生を歩むことだ。それを、紀彦はこの歳になってようやくはっきりとわかった。息子や娘になにかをしてもらいたいとは、これっぽっちも思わない。ただ、彼らは彼らの人生を一所懸命に生きてくれること、それだけを願う、それが親として一番嬉しいことなのである。

6

秋雄は、そのホームで結局約二年間、淡々とした日々を過ごした。一度も、自宅へは帰らなかった。

ここを出て家に戻りたい、と一度だけ紀彦に話したことがあった。紀彦は困ったな、と思った。しかし、次に会ったときには、もうその話は出なかった。紀彦の方から、お父さん、自宅へ一度帰られますか、と尋ねても、いや、そんな必要はないよ、と微笑むのだった。でも、このまえ帰りたいとおっしゃっていたじゃないですか、と言っても、そんなこと言った覚えはないな、惚けたのかもしれない、と自分で言うのである。

それはまだ元気だった頃の話で、そのうち、体調が悪くなったのか、また鬚を伸ばすようになり、あまりしゃべらなくなってしまった。職員も、最近はほとんど会話がない、と困った様子だった。できるだけ話しかけるようにはしているのですが、と零す。

なにかを買ってきてくれといった要求もなくなった。最初の頃に、ホームの老人たちはみんな虚ろな目をしているな、と感じたのだが、秋雄も同じように見えた。そのうちに、ホームから電話があり、風邪をひいたのか熱があるので、病院へ連れていった、と連絡が入った。その日は一旦ホームへ戻ったものの、数日後に再び病院へ行き、今度はそのまま入院となった。町中にある大きな総合病院だった。

残暑が厳しかった季節で、車をその病院の立体駐車場に入れてから、信号で道路を横断し、本館の入口まで歩く間、アスファルトの照り返しがとても暑かった。本館を通り抜け、奥の新館のエレベータに乗って七階へ上がり、また長い廊下を進んだ一番奥だった。

最初の日は、通路の途中にあるナースステーションにいた。隅にベッドが一つだけ置かれていて、そこで寝ていたのだ。いたって元気そうだ。ただ、少し痰《たん》が出るということだった。

秋雄は、こんな病院にいたくはない、早くホームへ帰りたい、と言った。医者は薬を飲め、検査をしろと煩い、そうやって余計に金を取るつもりだ、と語った。大人しくしていれば、すぐに退院できますよ、と紀彦は諭した。

次の日には、六人の患者がいる部屋へ移されていた。カーテンで仕切られていたが、いずれも老人ばかりのようだった。苦しそうな息をしている人や、うわごとのようなことを呟き続けている人がいた。つき添いに来ているのも、紀彦よりは年輩者だった。

紀彦は時間を見つけて病院へ通った。休みの日には、智紘も一緒に乗せて見舞いに出かけた。秋雄と話ができたのは、最初の一カ月くらいだった。話といっても、秋雄はほとんどしゃべらない。こちらが質問をすれば、頷いたり、ああ、とか、いや、といった曖昧な受け答えをする。自分から言葉を発するようなことはない。この点が、紗江子の場合とは大きな違いだった。秋雄には、もうなにも言いたいことなどなかったのである。

良くなっているときと、少し悪くなったかなと思うときがあったけれど、そういった小刻みな波を平均すれば、少しずつ弱っているように見えた。しだいに、目を閉じて寝ていることが多くなった。起きているのかもしれない。声をかけると、目を開けず、ただ軽く頷くだけのときもあった。

せっかく会いにいっても、まったく起きない日も増えてきた。そうなると、ただベッドの横に座っていることしかできない。デジタルで数値が表示されている機器があって、コードが秋雄につながっていた。脈拍数もリアルタイムでわかる。眠っている秋雄の顔と、そのデジタルのモニ夕を、ただぼうっと眺めているしかなかった。

その病院は、紀彦の家よりも勤務先に近かったから、昼休みなどに時間が取れるときにも会いにいっていた。毎日とはいかなかったが、それでも、出張のとき以外は、二日続けて行かない、ということはなかった。病院の玄関にいる受付の人には顔を覚えられ、向こうから話しかけてくるようにもなった。暑いところ大変ですね、といったどうでも良い会話を交わすだけだったが。

英美子が見舞いにきたことも二度ほどあった。遠方なので、日帰りとなると、一時間くらいしかいられない。相田家はもう人が泊まるには無理があった。どの部屋も掃除をしなくなって二年以上になるからだ。水道も電気も使えるから、泊まれないこともないのだが、英美子は不気味がって、夜に一人で過ごすなんて嫌だと言った。

英美子が二度めに見舞いにきたときには、秋雄は寝たままで、彼女が来たこともわからなかっただろう。その日は、ちょうど主治医の先生が、話があるからと面会を約束された日だった。

病気は肺炎である。それよりも、躰が酷く衰弱している。水や食物を充分に摂取していない。そのため点滴をしているのだが、このままでは、胃腸がほとんど機能しなくなる心配がある。直接流動食を喉から入れることも可能だ。喉に穴を開けてパイプを通す簡単な手術でそれができるようになる。胃腸が働かなくなると体力はもう回復しないだろう。そんな話だった。

現在は、肺から喉に溜まる痰を吸引しているだけで、それ以外にはこれといって処置を行っていない。このさきもっと事態が悪くなった場合に、そうなる可能性は高いのだが、そのとき、延命のために手を尽くしますか、と尋ねられた。本人には、もう生きる意志を伺うことができないと思います。ご家族が判断しなければならないことです、と医師は言った。

紀彦は、自分としては、とにかく父が苦しまないようにお願いしたい、と答えた。そして、少し考えてから、無理な延命をするよりも、なるべく辛《つら》くないように、ゆっくりと休ませてあげたい、とつけ加えた。英美子も、涙を流しながら、私もそれが良いと思います、どうかよろしくお願いします、と答えた。

医師は直接的な表現を避けたが、つまり長くはない、という意味のようだった。意識もない状態でも、人工呼吸器を使い、管を通す手術をし、機械の力でしばらく生き続けることができます、ということである。ただ、たとえその状態を続けても、体力が戻る可能性は低いでしょう、と明言した。延命措置というものだろう。死ぬのが少しさきになるだけである。

紀彦と英美子は、駄目なときには、そういう処置をせず、自然に眠らせてあげてほしい、と答えたのである。二人とも秋雄の子供なので、秋雄自身がきっとそう考えているだろうと確信できたのだ。

お母さんのためにもう少し生きたい、と話していた秋雄は、紗江子の死後三年と八カ月生きていた。

死んだのは、八十三歳の誕生日を迎えて数日後だった。その人生が長かったのか、それとも短かったのかはわからない。ただ、最後まで秋雄らしい生き様だった。

子供に対して、ありがとうなどとは言わなかったし、苦しいとか痛いといった弱音も一切口から出なかった。そこが紗江子との違いだった。それは、男女の差かもしれないが、秋雄は男らしいというよりは、自分の筋を通した人だった。

ただ一度だけ、家に帰りたいとは零したことがあった。あのときに、もう少し丁寧に話をきいてやるべきだったか、と紀彦は振り返る。結局、ホームに入るために相田家を出たあと、秋雄は二度と戻ることはなかったのである。

秋雄の葬儀は、紗江子のときと同様に、大勢を呼ばず、ひっそりと行うことにした。秋雄は商売をしていたので、知らせれば百人以上集まることは確実だった。友人も知り合いも、紗江子に比べてはるかに多い。しかし、どこにも連絡をしないことにした。もともと入院をした当初、秋雄は、入院したことは親戚には黙っていなさい、と指示した。また妹たちが余計な心配をするし、こんなところへ来てもらってもしかたがない、話などしたくはない、と言った。さらに、もしものことがあっても、葬式なんか挙げなくても良いからな。誰にも知らせなくて良い。きかれたら、ええ、死にましたよ、と答えればそれで良い、と言っていた。

その遺言には反するが、近い親戚にはさすがに黙っているわけにもいかない。結局、紗江子のときと同じ葬儀屋にお願いすることにした。お経は挙げてもらったが、戒名はつけなかった。これ以下はないという質素な葬儀になった。

アーケードの商店街が近い市街地の集会所で葬儀を行った。同じ葬儀屋でも担当者は別の人だった。それでも、三年半まえの紗江子のときの情報を良く知っているようだった。おそらく、そういったデータを調べてから出向くのだろう。

今回は、紀彦が正式な喪主である。最後の挨拶では、父は野を行く哲人のような人だった、と自分のイメージを語った。入院したことを知らせないように言われたので連絡をしなかった、と詫びた。

伯父や叔母たちは、気を落とさないようにね、と紀彦の肩を叩いたが、紀彦は気を落としてはいなかった。こうなることはずっと以前から、それこそ子供の頃から覚悟をしていたし、このときは、不思議なことに、どちらかというと安心し、落ち着いた心境だった。もうこれ以上心配しなくても良い、もうこれ以上世話をしなくても良い。自分にできることはした、という気持ちもあって、後悔もなかった。

紗江子のときと同じように、みんなでマイクロバスに乗って火葬場へ行き、紗江子と同じ手順で秋雄も灰になった。ときどき秋風がさっと通り抜け、夕暮れの清らかさが空に現れる季節だった。

葬式の翌日、紀彦は智紘と二人で、秋雄がいたホームへ行った。肘掛け椅子とテレビとキャビネットは、粗大ゴミに出してもらうことにして、残りの細々としたものを紙袋に入れて持ち帰った。部屋には現金が二十万円ほどあったらしい。秋雄が入居時に持ってきた金だろう。事務室に没収されていたハサミや、まだ開けられていない煙草が五箱保管されていて、それも持っていって下さい、と手渡された。車に乗ったとき、久しぶりに一本吸っても良いな、と紀彦が呟くと、やめて下さい、と智紘に止められた。

そのあと相田家にも寄ったが、この家にはもう誰も住むことはないのだ、と思うと、もったいないような、あるいは家が可哀相な気持ちになった。そこは、紀彦が小学生のときから育った場所だった。秋雄が自分で設計したものだ。

あのT定規で図面を引いて、この家を建てたのだ。

展開図からできる電車と同じく、もう二度とこの世には現れないものだ。

事務所には、カバーをかけられたドラフタが残っている。プッチの写真も額に入って飾られていた。リビングには、三年まえのカレンダがかかっていて、秋雄の達筆でスケジュールが書き込まれていた。テーブルの上には、大好きだった煙草がまだ何箱か残っていたので、ホームでもらってきた煙草も、とりあえずそこに加えて並べておいた。

もう誰かが吸うことはないだろう。

それは、この家にあるすべてのもの、紗江子が整理して収納した、すべてのものも同じ。

二度とこの家からは出ていかない、二度と誰にも使ってもらえないものたちだった。

Chapter 4　the Aidas reset

「まあまあ、おすわりなさい」と万里のななめ方向にいたコブシの花がいいました。「お茶会ははじめてのようね」そして、お菓子ざらから花びらをはらって、万里に、はい、とくれて、「若木さんでしょう」と、いいました。若木というのはたしかに万里の姓でしたが、でも私はミズキでもボケでもないのに。そこで、はっとして、頭へ手をやってみましたが、ぱらぱらと落ちてきたのは、さっきの風でとんだサクラやヤマブキの花びらでした。

1

紀彦は、また遺産相続の手続きをしなければならなくなった。秋雄の通帳は六つで、そのうちの四つは事務所の引出から発見された。あとの二つは、銀行からのお知らせの葉書が来たので、そこに問い合わせて判明したものだ。

秋雄は現金としての蓄えはほとんどなかったものの、株が十社くらいと、大きなものでは、不動産があった。相田家の建っている土地は九十坪だったが、そこは大通りに面した商業地区で、バブルの頃には億の単位の値段だと言われていた。しかし、秋雄が死んだときには経済はすっかり落ち込み、日本は長い不況のどん底にあった。実際に売るとなったら、せいぜい六千万くらいだろう、というのが秋雄の知り合いの税理士の話だった。この税理士は、秋雄の商売が盛んなときには頻繁に相田家にやってきていたが、近頃はほとんど呼ばれることはなかった、と言う。紀彦が彼に会ったときには、遅くなって失礼かと思いましたが、会社からですので、と香典を持ってきた。

その土地は、秋雄が家を新築するときに買ったもので、当時の領収書などが残っていた。当時約一千万円だった。しかし、そんな現金が秋雄にはなかったので、妹の夫で商売をしていた友人に半分を買ってもらった。このため、最初は相田家は、土地の半分を使って建っていた。商業地区で、建蔽率《けんぺいりつ》八十パーセント、容積率三百パーセント。つまり、土地の面積の三倍の床面積の建物が建てられる。裏を庭にしていたし、実際の建物は制限ぎりぎりの大きさではない。その数年後には、出資してくれた親戚から残りの半分も買い取っている。同時にこのとき、大幅な増築をして、通りから見たときには倍の大きさになった。

いずれにしても、不況で安くなったとはいえ、六千万円で売れるのならば、秋雄が買ったときの六倍ということだ。四十年以上経っているのだから、当たり前なのかもしれない。これまでの日本は、土地の値段が上がり続ける時代だった。

税理士を呼んだのは、相続税を納めるためだったのだが、税務署の土地の評価額は実際の価格の七割程度だったので、現金や株を合計しても、七千万円に届かなかった。控除の額は相続人が二人なので七千万円になる。したがって、今回も紀彦たちは相続税を一円も納めなくても良い結果となった。

銀行に貸金庫があることは、以前より秋雄から聞いていて、その鍵が事務所の引出のこの名刺入れの中にある、と教えられていた。その銀行は繁華街の一等地にある立派な店舗で、紀彦が出向くと、地下の金庫室に案内された。映画でしか見たことがない大きくて丸い分厚いドアの中に、壁一面に小さな引出が並んでいた。その一つが、秋雄が借りていた金庫で、梯子《はしご》に上り、紀彦が持ってきた鍵でそれを開けることができた。

遺言状でも入っているかと期待していたが、旧札で八十万円ほどの現金と土地の権利証、そして商売で使っていた実印が入っていた。昔は、土地の権利証が非常に大事なものだったが、今は役所にある台帳が基本らしい。つまり、そのコピィでしかない。あとは、銀行口座を作ったときの記録や意味のわからない沢山の書類が封筒に入っていた。

その銀行の秋雄の口座は、紀彦が相続したので、貸金庫もそのまま継続して使えることになった。しかし、特に入れるようなものを紀彦は思いつかなかった。その後もずっと空っぽのままである。

郵便局へも何度か足を運んだ。紗江子も秋雄も簡易保険に入っていたので、複雑な手続きの末、両方で数百万円の現金を受け取ることができた。当初は簡易保険があることに、紀彦は気づかなかった。郵便局に貯金があったので口座を解約した。死亡届や相続に関する書類が必要になる。そうした手続きをしたにもかかわらず、郵便局は簡易保険のことは教えてくれなかった。

これは生命保険でも同じだった。こちらから死んだことを知らせないかぎり、向こうからは連絡などない。銀行と同じ系列の保険会社があって、ときには死亡した情報がちゃんと伝わっている場合もあるが、それでも遺族をわざわざ捜して連絡を取るほど親切ではない。こちらから電話をかけたら、亡くなったことはわかっておりました、と平気で言うのである。

これらの解約と相続の手続きには、すべて死亡者や相続人の戸籍が必要で、やはり生後のすべての記録を揃えなければならない。現在の戸籍だけでは不充分だという理由は、おそらく、ほかに相続人は存在しない、ということを証明する必要があるためだろう。

紀彦の場合は、死んだ兄がいたために、話がややこしくなった。当時の戸籍は今のようにシステムが整っていないので、役所の記録も定かではない。あちらの役場へ行ってくれ、まえの住所の区役所ではないか、と盥《たらい》回しになる。そのたびに何時間も待たされ、しかも手数料を数万円も要求されるのだ。もうこんな金はいらないから、ぜんぶ放ってしまおうか、と紀彦は何度思ったかわからない。それでも、英美子に遺産をあげたかったし、親の最後の始末なのだから、これは自分の責任だと思い直し、少しずつ作業を進めたのである。

簡易保険では、いつも相田家に顔を出していた渉外社員がいて、紀彦がちょうど片づけをするために実家に来ていたときに、その男が訪ねてきた。ちょうど良いと思ったので、簡易保険を解約する手続きをする手順を尋ねたら、それは本局へ行ってくれ、自分には無関係だと言う。それどころか、あと三カ月分を納めてくれたら、次の特典がつきますよ、と言うのである。特典というのは、どこかの劇場で演歌歌手が主役の演劇のチケットがもらえるというものだった。もう死んでいるのだから、三カ月も納めるなんておかしいのではありませんか、と紀彦が言うと、それは自分には関係のないことなので、知らないことにすれば良いなどと嘯《うそぶ》くのである。まったく程度が低いと呆れてしまった。

言われたとおり、後日郵便局へ行き、保険の解約を申し出たところ、ここに住所とお名前を書いて下さい、と渡された紙は、ただの白紙のコピィ用紙だった。小さな郵便局ではない、区の本局である。ようするに、解約の書類というものが、そもそも用意されていないのである。この種の商売というのは、金を取るときには、あの手この手で親切な顔を見せるのに、金を支払う段になると、書類も手続きも複雑で、それらの説明もない。金を引き出す者には嫌な思いをさせるようにできているものらしい。

保険金は、支払う方にしてみれば、預けた金という感覚だが、受け取った方は、すなわち売上金であって、保険料を返すのはずっとさきのこと、そのときには自分は担当者でもなく、組織や会社さえ存在するかどうか知れたものではない、という感覚なのだろう。現にここ最近、生命保険会社は沢山潰れている。保険料が戻ってくるなんて期待する方がおかしいのかもしれない。

自分はこれだけ苦労をしたけれど、そもそも老人が死んでも、保険に入っていたことさえ知らない遺族もいるだろう、と紀彦は思った。そういう場合は、結果的に保険会社の丸儲けになる。おそらく、そういったケースがかなりの率で存在するだろうし、また、保険料というのは、そういった未払いを見越して設定されているのではないか、とさえ疑われる。

紀彦自身は、掛け捨ての保険に加入していたし、子供が小さいときには、自分に生命保険をかけていた。そして、子供たちが成人したときに、それらをすべて解約した。もう、いつ死んでも良い、子育ての責任は果たした、と考えたからだった。

いずれにしても、紗江子と秋雄の保険金は僅《わず》か百万円程度のものだった。それに加入した頃には、百万円といえばもの凄い大金だっただろうし、当時としては高額な保険料を苦労して支払っていたはずである。たしかに、子供の頃、もしお父さんが死んでも、生命保険で大金がもらえるから、それで学校へ行けば良い、というような話を聞いたことがあった。そういう時代だった。

紗江子が札束をオーブンで焼いた、ちょうどあの頃のことである。

両親の口座の相続手続きがすべて終了するのに一年を要した。書類というものが本来苦手な紀彦にとっては、それくらい大変な作業だった。しかも、それで全部かどうかはわからない。まだ隠された口座があったかもしれない。だが、紀彦はこれ以上考えないことにした。ここまでやったのだから、もう充分だろう、と。

そういった手続きと同時に、相田家の中では大捜索が続いていた。火曜日と金曜日の夜は、そこで一時間探しものをすることに決めて、紀彦と智紘は、マスクをし軍手をはめて家探しをしたのである。一カ月とか二カ月の話ではない。これを一年以上続けた。それでも、まだ見ていないところ、開けていない箱が沢山あった。それくらい、ものが多いというのか、探し甲斐のある奥深い家だった。もちろん、そうなったのは、すべて紗江子のせいである。これには、ほとほと感心するしかなかった。よく一人でここまで集積したものだ、と。

一番劇的だったのは、智紘が見つけた百八十万円の札束である。それは、畳んだ布団の間に挟まれていたものだ。これを筆頭に、五十万円や二十万円が見つかり、五万円程度の額は二十箇所くらいから発見された。封筒に入って、普通なら現金など入れない場所に隠されていた。百科事典に挟まれていたし、紀彦が小学校のときのテストと同じ箱に入っていた。そういうことがあるので、部屋を片づけたくても、むやみにものを捨てることができない。よく調べずにゴミに出してしまったら、もしかしたら大金を捨てたことになるかもしれないのだ。

簡単に捨てられないように、と紗江子が企てたことではないか、とさえ思えるほど入念に、現金が各所にちりばめられていたのである。

ところで、紀彦は両親が死んだことを職場では誰にも話さなかった。事務上の手続きはしなければならないから、事務担当者に書類をそっと渡した。そのとき、みんなには内緒にしておいてね、と頼んだ。周囲に知れると、また親睦会から金が出たり、そのお返しをしたりしなければならない。なにかと面倒なことになる。自分は離婚をしたって職場では黙っているだろう、と紀彦は常々考えていた。逆に、職場で昇任が決まったときも、それを家で智紘には話さなかった。そんなことは関係のないことだ、と思えたからである。こういうのは、おそらくは父の血であろう、と紀彦は自己分析する。

遺産相続の手続きと相田家の捜索という仕事はあったものの、それでも両親がいなくなったことで、時間的には余裕ができた。ちょうどその頃、紀彦はマンションから、一戸建ての古い借家に引っ越していたので、出勤まえの早朝、庭で掃除をするのが日課になっていた。父の葬式からしばらく経った頃、落ち葉が地面を覆うようになった。紀彦はそれを一枚ずつ拾って、ゴミ袋に集めることにした。

どうしてそんなことをしようと考えたのか、よくわからなかった。ただ、それをしていると何故か落ち着くのだった。

午前に会議や授業がない日は、出勤は十時くらいでも良かった。朝は遅い職場なのである。それに、この頃は学内や学会の委員会ばかりで、仕事で面白いことはなにもない。ただ人と会って、どうでも良い些末《さまつ》なテーマで話し合うだけだ。真理の探究に没頭するような作業とはまるで正反対の仕事ばかりである。役職が上がってからは、そういった仕事が圧倒的に増えた。若い頃に熱中したものは、若者に任せるしかない。もう出る幕ではない、ということなのか、とにかく、やりたい仕事をさせてもらえない環境になったことは確かで、そういう嫌な思いをしているからこそ、給料が高いのかもしれない、と諦めるしかなかった。

そういえば、紗江子は夕方に庭でよく仕事をしていた。あれは何をしていたのだろう。サツキや薔薇《ばら》を育てていたようだったが、水をやったり、雑草を取ったりしていたのだろうか。関心がなかったので詳しく見たことはない。秋雄は庭には出なかった。外は蚊がいるから、と言っていたことがある。

それは、実は紀彦も同じだった。庭つきの家に引っ越したとはいえ、車が近くに駐車できるから便利だと考えた程度で、庭でこんな作業を自分がするとは想像もしていなかったのである。これはきっと、死んだ母の霊に取り憑かれたのではないか、と想像して、思わず吹き出してしまった。しかし、冗談ではない。なにか心境の変化があったとしか考えられない。自覚はないのであるが……。

ただ、落ち葉を一枚摘み上げると、その葉の下の地面が現れる。それが面白い。一枚ずつでも、少し続けていれば、かなりの面積が綺麗になる。持っているゴミ袋も、そのうち満杯になり、重くなっているのである。

つまらないことであっても、少しずつやっていれば、それなりの形になるということだ。紗江子がよくそれらしいことを言っていた。あの家のあの密集した物品は、彼女が一人で少しずつ収納したものである。

なにか形になると信じていたのだろうか。それが何かは、もうわからない。人が死んでしまうということは、そういうことだ。何を考えていたのか、わからなくなる。考えが消えてしまう、ということ。

そうか、自分ももうすぐ死ぬのだな、そのときには、この葉を拾う人間はもういなくなって、このまま、葉が地面に落ちたままになる。自然になるわけだ。

紀彦はそんなふうに考えた。そしてその日、少し遅刻して出勤すると、事務室へ立ち寄り、辞職をしたいのだが、どんな書類を書けば良いか教えてほしい、と願い出たのである。

2

辞職をすることは、それほど簡単ではなかった。人が死んで葬式をするよりもはるかに面倒で、沢山の人に話をして、あとのことを任せるための作業を余計にしなければならなかった。紀彦は、辞表を出してから三年めにようやく職場を辞することができた。波風が立たないように、迷惑がかからないようにするには、それだけの期間が必要だったのである。最後に出勤して家に帰ったのは、紀彦が五十三歳のときだった。定年まではまだ十年あった。

そして、その日の晩ご飯のあとに、初めて智紘に仕事を辞めたことを話した。

智紘は驚いた。なにか嫌なことがあったの、と尋ねた。嫌なことといえば、まあ、会議くらいかな、と紀彦は答えた。我慢できないほど嫌なことはなにもなかった。このまま働き続けることはむしろ簡単だった。辞める方が面倒だった。でも、なにか別の人生があるような予感がした。三年まえに落ち葉を拾っていたときに、それに気づいたんだよ、と話す。

そういえば、落ち葉を毎日拾っていたわね、と智紘も覚えていた。

紀彦は、あのとき以来、庭の掃除以外にも、花や樹を植えたりといったガーデニングを突然始めたのだが、驚いたことに、最近では智紘も同じことをするようになっていた。これまで、夫婦で同じ趣味を持ったことがなかったので、お互いに驚きだった。ただし、一緒に庭に出ることは少ない。時間帯がずれているからだ。やるときはあくまでも一人ずつ。そして、暗黙のうちにお互いの領域が決まり、相手のしたことには口を出さなかった。

その翌日は、平日なのに紀彦は家にいた。朝から落ち葉を拾ったが、日が高くなっても出勤しなくて良かった。不思議で、しかも爽快だった。その不思議さのカーディガンを着ているような、爽快さで背中がぽかぽかと暖かくなるような、そんな気分だった。

落ち葉の掃除をいつもより長く黙々と続けていると、智紘も庭に出てきて、少し離れたところで作業を始めた。草か花を植え替えているようだった。紀彦は丸い黄色の葉を拾い集めていた。もしかしたら、箒《ほうき》とか掃除機を使ったら短時間で終わるかもしれないが、そういう効率の話をするなら、どうせまた葉は落ちてくるわけだから、最初から無駄な気もするのである。紀彦が掃除をしなくても、自然に与える影響は僅かというよりも、ほとんどないだろう。

しかし、葉を退けた地面に日差しが当たり、そこにある小さな草が生長するかもしれない。でも、その草だって冬になれば枯れるだろう。同じか？　少しは違うのか？

結局のところ、人間が一人生きていることなんて、本当にちっぽけなものなのだ。自分に意識があるうちは、自分が考えたこと、やっていることに意味があると解釈をする。その解釈が既に自己満足でしかない。自然の視点から見れば、なにも変わらない。相変わらず季節は移り変わり、毎年雑草が伸びて、また枯れていく。ときどき嵐になったり、地面が揺れたりするけれど、地球の寿命や太陽系の運行に比べれば、誤差範囲のさらに何桁も小さい。

それなのに、それが虚しいとか、悲しいという感情はなかった。葉を拾って、地面が綺麗になることが、紀彦は素直に面白かったのだ。子供の遊びと同じだろうか。これは、つまり無邪気というやつだろうか。いや、そうでもない。葉を拾うことで、いろいろ考えることができた。職場のデスクに座っているときには、けっして考え及ばなかったことを考えている自分を見つけることができた。

たとえば、こんなことを思い出した、子供のときの自分は、工作をしたら、すぐにできたものを両親に見せていた。紗江子はただ微笑むだけだったし、秋雄はじっと見るだけだった。言葉で褒められたことはほとんどない。できたの、良かったね、とは言われたけれど、作品の出来映えに対する評価はなかったと思う。しかし、できたものを見てもらうことで、自分の時間が正しく使われたことを理解してもらえた、という感覚が得られた。それはつまり、無駄に生きているわけではない、ということで両親は安心しただろう、と子供の紀彦は考えていたのである。

無駄に生きるというのは、つまりなにもしないことだ。なにもしないというのは、なにも作り出さない、ということだろう。それでは、外側から見れば死んでいるのと同じ、そこにその人間がいないのと同じことになる。

自分の兄は死んでしまった。小さい紀彦の前では、父も母もけっしてそのことは口に出さなかったけれど、紀彦を見る目は、いつもその背後に、死んだ長男を追っていたはずである。そんな事情を知らなくても、子供には、その視線のピントがずっと遠くに結ばれていることが感じられるものだ。紀彦は、自分を見てほしい、ほら、これを作ったよ、上手にできたでしょう、と両親に訴え続けてきた。

そういうことが、今ようやく自分でもわかった。

大人になってからも、もしかしたら同じだったかもしれない。一緒に暮らしていたわけではないから、いちいち両親に見せるようなことはなかったにしても、すべての行動の判断基準がそこにあったようにも思えるのだ。つまり、両親を心配させないような人間になろう、安心させられる行動を選ぼう、と常に藻掻《もが》いていたのではないか。

その頃にはもう、自分の価値判断だけが絶対的なものであって、他者の目を気にしてはいけない、という方法論が紀彦の中では確立していた。他者の目というのは、常識であったり、あるいは社会の空気であったり、時代の流れであったり、もっと直接的なものでは、職場の仕来《しきた》りや人間関係だったり、近所づき合いであったり、あるいは、家族の団欒《だんらん》であったり、子育てであったりした。そしてそのときどきで、紀彦はいつも自分はどうあるべきかということを徹底的に考えた。だから、自分が考えて決めたことが、絶対的な原点になって、すべてその座標によって評価された。それができる、とも信じていた。

だが、自分の思うとおりにはなかなかならない。特に若いときほどそうだった。たとえ完全にはできなくても、いつも、今は原点からこれだけずれているのだ、という意識があった。いつか、自分は自分のあるべきところへ立てるだろう。そこが中心なのだから、見失いさえしなければ、きっと自然に戻れるはずだ。そう信じて生きてきた。

ところが、今になって気づいた。自分だけの判断だと考えていたものの中に、実は子供の頃から握ったままだった力があったのだ。両親の期待に応えるために、紀彦は自然に努力をしたつもりだったが、それは自分本来の原点ではなかったかもしれない。ある意味で無理な力だった。あまりに固く握ってしまったので、ずっと手を開くことを忘れていた。力んでいることさえ自覚がなかった。その余分な力のストレスでレンズが歪《ひず》んでいたかもしれない。正しいと信じていたが、歪んだレンズで見ていた分、僅かに座標がずれていたのではないか。

今はその力は消えていた。それは、遠い天体からの引力を失ったという程度の解放だったから、大きな影響がたちまち表れるわけではなかった。けれども、少しずつ、これからの軌道がずれていくだろう。本来目指すべき道へ、自分は戻っていけるのだろうか。

母が詠んだ短歌で、上の句だけを覚えているものがあった。掃きけるにまた掃きけるに落ち葉散り、というものだ。下の句が何だったか思い出せない。先日見つけた短歌の同人誌で探したが、その歌はなかった。推敲中のメモ書きだったものを見ただけかもしれないから、下の句があったのかどうかもわからない。その歌は結局世に出なかったかもしれない。

紗江子は、家の前の歩道の落ち葉を秋になると毎日掃除していた。銀杏《いちょう》の街路樹が並んでいたからだ。相田家がそこに引っ越してきたときには、まだ植えられたばかりで、ひ弱な苗木だったものが、今はもう幹も太くなり、立派に生い茂っている。紗江子は、アスファルトに落ちた黄色い葉を箒で集めていた。そんな無駄なことをして何のためになるのか、と紀彦は思った。その頃にはもう、紗江子は癌を患っていたから、冷たい風に当たってそんな作業をすることを、秋雄が咎《とが》めていた。無駄なことはやめなさい、また具合が悪くなるよ、と言っていた。紀彦もそのとおりだと思った。今も、たぶんそのとおりだと思っている。けれど、それでも掃除をしたいという気持ちが少し理解できた。理解ではないかもしれない。なんとなく間違っているわけではない、という予感程度のもの。それでも、あのときにはなかったものだった。

何故、なかったのかと考えれば、それは余裕がなかったからだろう。余裕なんてものは、若いうちには縁遠い。誰もが、自分が生きることに精一杯で、自分の立場を築くために忙しい。そういう視点しかなければ、毎日散る落ち葉を掃除するなんてことは、まったく無意味に映る。

余裕は、どこから来るのだろう、と紀彦は考える。

それはよくわからなかった。

両親が死んだことで、自分は自由になったと感じる。身が軽くなった思いがたしかにした。仕事を辞めてしまったことも、やはり解放感以外のなにものでもない。解放されたいと思ったから辞めたのだ。それまでそれができなかったのは、やはり両親の期待に添わない、という判断があったのか、あるいは生きるために必要だと思い込んでいたのか、それとも、ただなんとなく、それが一番安全で一番安心できたからなのか。考えれば、いろいろな理由は思いつくけれど、どれも少しずつ説明不足みたいだ。理屈というのはだいたいそういうものである。いつも判断の根拠は単純ではない。気持ちは複雑な計算をする。それを単純な理屈にするから、少しずつずれて、少しずつ不足するのである。

落ち葉を拾い終え、腰に手を当てて立ち上がったところへ、智紘が近づいてきた。

「ねえ、引っ越ししない？」と彼女は突然言った。

引越ってどこへ、とき返すと、私は遠いところが良いな、と言う。

ああ、そうか、そういうことができるのだ、と紀彦は気づいた。彼女に言われるまで気づかなかったし、もしかしたら、智紘もたった今、思いついたのかもしれない。

つまり、この土地にいる理由は、紀彦の勤務先があったからだ。かつては、子供たちが学校へ通っていたが、今はもう独立し、遠くで暮らしている。両親の面倒を見る必要もない。この場所でなければならない理由は何一つない。綺麗さっぱり消えてしまっていたのである。

それから、一カ月ほどかけて、紀彦と智紘はネットで日本中、そして世界中を探した。自分たちはどこへでも行ける、と考えたので、知っている場所ではなく、知らない土地が良いと紀彦は思った。二人は別々に調べて、ときどき意見交換をし、相手の要望を少し取り入れ、また個別に調査をする、という作業を続けた。そうしているうちに、だんだん候補が絞られてきた。また、予算も限られているから、具体的にどの程度の物件があるのかも気になるところだった。そういったものも、今はネットで多く公開されているから、すぐに相場がわかった。

紀彦は仕事を辞めたので、一日中自宅でコンピュータの前に座っていられるようになった。しかし、案外一日は短いものだということもわかった。午前中はだいたい庭で作業をしている。お昼ご飯を食べたあとは、コンピュータで候補地の調査を始める。たちまち夕方になって、ご飯を智紘が作る。そして、食卓が未来についての会議になった。

結局、イギリスに住むことがまず第一候補として決定した。そんな大胆な結論になったのは、紀彦の友人や、智紘の親戚が、イギリスにいたからだった。以前から、良いところだから、是非いらっしゃい、と誘われたことがあって、今までに二回、二人で一緒に旅行をしたこともあった。二度とも、十年以内のことである。一回めは、紀彦の仕事でロンドンに出張する機会があり、二日ほど余分に地方を回っただけだった。まだ相田家の両親は生きていて、子供たちは高校生。ちょうど、夏休みだった。二回めは、休暇を取って五日間回ってきた。秋雄がホームに入った年の暮れだった。夏と冬を見てきたので、気候はだいたいわかっていたし、個人宅を訪れたこともあったから、生活の雰囲気もぼんやりとイメージできたのである。

とりあえず、どこか家を借りて、そこに住んでみよう。駄目だったらまた引っ越せば良い。どうにもならなくなったら、日本に帰ってくれば良い。

そして不動産業者とメールを交換し、翌々週には、飛行機に乗って現地へ向かっていた。三日の予定で、二つの業者から物件を見せてもらうことになったのである。どうして、三日なんて短いスケジュールにしたのかといえば、結婚以来初めて二人で観にいくライブのチケットが買ってあったからだ。

3

本当のところ、オーストラリアかニュージーランドにしておけば良かったね、と紀彦は飛行機の中で呟いた。イギリスは遠いし、時差が難点だ。でも、向こうに一度行ってしまえば、遠いか近いかなど無関係だし、同じところにいれば、時差なんてものもない。地球のどこでも時間は同じように流れている。カレンダも同じだし、北半球だったら、季節もだいたい同じなのだ。

不動産業者が空港まで迎えにきてくれて、その若者の車でハイウェイを走った。自分よりも若い人が来るとは、紀彦は何故か想像していなかった。そうなのだ、彼からしてみれば、日本の老夫婦が来た、という具合なのだ。

幾つか物件を見て回ったあと、ホテルで別れた。その業者はその日で一旦終わり、翌日はまた別の業者が来る。ホテルは、ロンドン郊外の駅のすぐ横に建っていて、古くて小さな木造建築だった。部屋は狭いのに、それに比べて家具がやたらと多かった。

ベッドの上で、今日見てきた物件の図面のコピィを広げて、紀彦と智紘は話し合った。だいたい意見は一致していて、ここが一番だよね、というのはすぐに決まった。二番以降は意見が分かれたけれど、一番さえ同じならば問題はない。選ぶのは最終的に一つだけなのだから。

明日、ここ以上のものがなければ、もう決めても良いのでは、と智紘は言った。紀彦も、地下室が使えそうなのでそこが気に入っていた。工作ができる、と考えていたのだ。それから、庭がとても綺麗だった。管理をしている人がいるのか、前の住人が手入れをしていたのか、それはわからない。不動産屋も知らなかった。智紘が気に入ったのは、もちろん地下室ではなく、その庭の方である。予算的にはやや高いものの、ぎりぎり許容範囲内というか、出せない額ではなかった。

翌日もまた沢山の家を見た。この日は若い女性が案内をしてくれた。集合住宅もあったし、一軒家もある。街の通りに面していて賑やかなところから、近くにはゴルフ場のクラブハウスくらいしかないところまであった。その日の夜にまた、二人はホテルで会議を行い、やはり一日めの場所の方が良いのではないか、という結論に達した。

三日めに、また一日めの不動産業者がホテルに来てくれて、空港まで送ってくれた。そのときに、この物件を第一候補にしている、予算はこれくらいなので、もう少し値段が下がると良いのだが、と正直に話してみた。交渉をしてみます、と彼は応えた。

空港で食べたサンドイッチが美味しかった。そして、飛行機にまた乗ったのである。興奮していたためか、時差はまったく影響がなく、二人とも現地では昼間に眠くなることはなかった。そのかわり、帰りの飛行機はぐっすり休むことができた。

帰宅すると、不動産業者からメールが届いていて、二年以上借りてもらえるならば希望の金額でOKだという内容だった。返事は一週間待ってくれ、とすぐにリプライした。しかし、もう引越をすることは決定したも同然だった。

智紘は大笑いした。私たちって凄いよね、凄い行動力、凄い決断力じゃない、と嬉しそうに話した。ここしばらく、彼女がそんなにはしゃぐのを、紀彦は見たことがなかった。ここしばらくというのは、つまり紗江子が死ぬ少しまえくらいからだから、かれこれもう六年にもなる。

この六年間、楽しいことがなかったわけではない。二人とも、いつもしっかりと自分の楽しみの中に生きてきた。紀彦もたぶん、自分だけで楽しんでいたから、智紘の前では笑顔を見せなかったかもしれない。

引越は、四カ月後に決めた。それくらいの時間が必要だろう、と思ったし、イギリスの貸し主も、この際だからと修繕工事をすると連絡してきたのだ。できるだけ長く住んでほしい、というメールが貸し主から直接届いた。あの家は彼の両親が住んでいたものだという。数年まえに父親が死に、最近母親が死んだので住む者がいなくなった。自分も若かった頃にそこに住んでいた。綺麗に直して、できれば大事に使ってもらいたい、という内容だった。四十代か五十代の男性のようだね、と紀彦と智紘はメールを読んで想像した。やけに境遇が似ていないか、と紀彦が呟くと、この歳になれば、誰だってだいたい同じなんじゃない、と智紘は言った。なるほど、そう言われてみれば、そうかもしれない。

貸し主とは、仮の契約書にサインをする、という約束をした。その契約書は不動産業者がメールに添付して送ってきたので、サインをしてエアメールで送ることにした。

数々の手続きをするために計画を立て、一つずつ実行していくことになった。かなり忙しい四カ月になりそうだった。

紀彦と智紘の現在の生活用品は、ほとんど捨てることになる。持っていくよりも買い直した方が良いものが多い。家具や電化製品は、総入れ換えになる。あとは、どうしても捨てられないものを段ボール箱に詰め、二十箱くらい送ることを想定した。お互いに十箱ずつにしよう、と話し合った。そうなると、書籍などもほとんど捨てなければならない。紀彦の場合、荷物の半分は工作をするための道具類だった。これまでに作ったものは持っていかない。友人や子供が欲しければもらってもらうことにしよう、と考える。向こうにいってから、また作りたいものを作れば良い。出来上がったものに価値があるのではなく、作る時間そのものが楽しいことを、紀彦はもう知っていた。

それよりも、問題は秋雄と紗江子の思い出がぎっしりと圧縮されて詰まっているあの相田家である。

最初は、あのままにしておこうかと考えていた。そうすれば、今回の引越でどうしても捨てられないけれど、持っていくほどではないものを、あの家にさらに押し込んでおけば良い。紗江子の収納で七割の部屋は足の踏み場もない状態だが、紀彦と智紘の持ちものなんて知れている。リビングか座敷の片隅に積み上げるだけで充分だろう。そして、住民票はあの家に移しておく、それが簡単で自然な方法だった。

それでも、いつ戻ってくるかわからない。長期間にわたって家を無人にしておくのは不用心だ。たとえば、古い建物なので、台風や地震があって家の一部が壊れたりするかもしれない。漏電して出火する危険性もある。とりあえず、電気、ガス、水道は止めておいた方が良い、というような話を智紘としていた。

二人は、今も金曜日に相田家の捜索を続けていた。最初の一年は一週間に二回だったが、その後回数を半分に減らしていた。今でも、まだときどき新しい発見がある。とにかくそれくらい膨大なものが残っているのだ。紀彦が退職してからは、金曜日の夜ではなく昼間に行うことにしていた。明るいときの方が、少し長く作業ができた。夜にやっていると一時間ほどで疲れてしまって、もう帰りたくなるのだ。

先日は、遠くから英美子もやってきて、この捜索に参加した。彼女は自分が子供の頃の持ちものを段ボール箱三つ分集めて、それを隣のコンビニから宅配便で自宅へ送った。ほかにも、英美子の着物が幾つかあった。日本舞踊を習っていたからだ。しかし、もうこんな振り袖なんて着られないよ、と英美子は笑った。娘にやれば良いだろう、と紀彦が言うと、いや、着ないと思う、と彼女は首を振る。良かったら智紘さんにあげる、イギリスで着たら受けるんじゃないかしら、と言うのだが、あとで智紘に話したら、ふんと鼻を鳴らしただけだった。

ほどなく方針が変更になった。

相田家を取り壊してしまおう、と紀彦は決断したのだ。いつまでも放っておくわけにはいかない。近くにいるならば、ときどきでも確認ができるし、問題が起こればすぐに対処ができる。しかし、何万キロも離れたところに行くのだから、もう自分の持ちものがここに存在することの方が不自然だ、と思えてきたのだった。

智紘もこれには賛成した。もうあれだけ探したのだから良いのではないか、さっぱりしてから新しい土地へ行きたい、と言った。本当にそのとおりである。あの家は、秋雄と紗江子のものだったのだ。自分も子供時代に過ごしたとはいえ、小学校から高校までの僅か十二年間のことである。

もうあそこに両親がいるわけではない。

三年の猶予があって、そう思えるようになっていたことも大きい。これは理屈ではない。理屈は最初からわかっていた。ただ、人間の気持ちというものは、簡単には切り替わらないものなのだな、と紀彦はつくづく感じた。

取り壊すことが決まったので、捜索活動は三倍くらい時間を使って熱心に行われた。まだ少額のへそくりが見つかる。財布に入ったまま出てくることもあった。しかし、もうお金が欲しいのでもなく、宝物が出てくるのを期待しているのでもない。やはり、捨ててはいけない思い出の品があるかもしれない、という気持ちだった。

ただ、懐かしい品物が出てきても、それを手にして、ああ、そういえば、こんなものがあったな、と思い出し、それでもう充分だった。取っておこうとまでは思わなかった。そのまま捨ててしまっても良い、とわりと簡単に諦められる。そんな諦めの気持ちを満たすために、探しものをしているのではないか、と思えるほどだった。

この三年間で見つかった現金は、合計三百五十万円くらいにもなった。一円玉だけで三万円以上あった。また郵便切手も数万円分見つかった。これらを溜め込んだり、隠したりしていたのは、まちがいなく紗江子である。紛れ込んだりして、偶然そこにあったのではない。紗江子の意志によって場所が選択され、そこに仕舞われていたのだ。その紗江子自身でも、すべてを把握していたとはとうてい考えられない。隠したものの大半を忘れていただろう、オーブンで焼いた札束のように。これらが物語るのは、どこか正常ではない、度を越した精神の存在である。

秋雄の方は、いろいろ骨董品を持っていた。コレクションをするというほどではなく、知人から譲ってもらったり、商売の調子が良いときに気前良く買ったりしていたようだった。一番高価そうなものとしては、日本刀が二本、押入から出てきた。

このうち一本は、子供のとき紀彦は見せてもらったことがあった。刀と一緒に松坂屋の鑑定書が入った封筒があった。四十年以上まえに五十万円で購入されていた。室町時代のもので、鞘《さや》だけが江戸時代らしい。抜いてみると、まったく錆《さび》もなく鏡のように綺麗だった。

そういえば、若いときには秋雄が、床の間の前でこの刀の手入れをしていた。丸いものがついた変な道具で、刀をぽんぽんと叩いていた。天花粉のような白い粉が刀身につく。そのあと和紙で拭うのである。それをしているときは、近づいてはいけないことになっていたので、少し離れて紀彦は眺めていた。これはいずれはお前のものになるから、そうなったら、ときどきこうやって掃除をしなさい、と秋雄は言った。しかし、少なくとももう十年間くらいは、手入れはされていなかっただろう。

もう一本は、その存在さえ知らない刀だった。鑑定書もないし、登録証もなかった。登録証がないと所持できないわけで、もちろん車などで運ぶこともできない。そこでまず警察へ電話をしたら、こちらへ持ってきて下さい、と言われた。登録証がないのに、持ち歩いて良いのですか、と尋ねると、大丈夫だという。持っていって係の警官に見てもらったところ、これは軍刀でしょうね、と言われた。明治以降に作られた軍刀は、美術品である日本刀として扱われないものがほとんどで、その種の刀は所持する許可が下りない。いくら先祖の遺品だとしても、警察に没収、廃棄されるのである。いちおう、来月県庁で審査会がありますから、そこで鑑定してもらって下さい、と係官に言われた。

翌月県庁へその刀を持っていった。ついでに、もう一本の昔の刀も見てもらうことにした。まず、室町時代の一本は名刀に数えられるもので、これは買えば五百万円はする、と言われた。お父さんがお遺しになったものなら、大切にされるのがよろしい、と言うのが鑑定士のアドバイスである。羽織袴でオールバックの老人で、いかにもという風貌だった。まあ、話半分に聞いて、二百五十万円としておこう、と紀彦は心に留めた。

軍刀の方も、鞘は新しいが、刀身は江戸時代のもので、銘があった。美濃で作られたものだそうだ。これはおそらく、秋雄が軍人だった父から譲り受けたものだろう。先祖から伝わる刀を、軍刀として外装だけ新しくして使ったのではないか、と言われた。いくらくらいですか、と尋ねると、二十万円ならどこでも売れるでしょう、と鑑定士は答えた。

だが、これらの刀はイギリスへ持っていくわけにはいかない。紀彦は息子にこれを譲ることにした。紀彦の息子はまだ独身で、会社勤めをしている。日本刀なんていらないけど、と困った顔をしていたが、そのほかにも、秋雄が持っていた壺や茶碗を十数個セットで譲ることにした。刀は仕舞っておきなさい。そのほかのものはネットオークションに出そうが、自分で使おうが勝手だ、と言っておいた。生前贈与というやつである。

美術品はまだあった。額に入った油絵が数点、箱に入って押入に仕舞われていた。秋雄が買ったものだ。そのうち、これは有名な画家だよ、と子供のときに教えてもらった作品が二点あった。ネットで画家の名前を検索してみると、号百万円ほどの相場が書かれている。出てきたのは、四号と三号の絵だった。四号の方は風景画で、三号の方は舞子の絵だった。英美子にきいたら、風景画の方が良いと言うので、そちらを英美子に、そして舞子を紀彦がもらうことにした。それ以外の絵は、特に良いとも思えなかったので、そのまままた押入に戻しておいた。

古い時計も幾つかあった。秋雄が骨董品屋で買い集めたもので、いずれも大きな柱時計である。形の良いものもあって、もったいないとは思ったけれど、そのままにしておいた。

まだまだ使えるものも多い。電化製品も家具も、真新しいものが幾つかあった。冷蔵庫は二つもキッチンに並んでいる。一つでは収まらない、ということで買い足したのだ。入れるところがなければ、入れるところを増やす、というのが紗江子の基本方針だったのである。けっして、入れるものを減らそうとはしなかった。もしかしてこういうのを、人間の器が大きい、というのかもしれない。

紗江子は、宝石類も数点持っていたが、これは全部英美子にもらってもらった。そんなに高価なものがあるとは思えないが、それでも合計したら百万円くらいにはなるのではないか、と紀彦は見積もった。

写真も大量に出てきた。これらはすべて持ち帰って、スキャナでデジタルにして保存することにした。こうすれば、荷物にならない。昔のアルバムというのは、もの凄く分厚い紙で作られていて、それらを重ねると、一メートルくらいの高さになったが、デジタルにすれば一ギガバイトにも満たない。指先ほどの小さなメモリィスティックに充分収まってしまうのだ。

秋雄が描いた絵も沢山あったが、ほとんどは習作のようなもので、完成していなかったり、同じものを何枚も描いたものがあったり、つまりすべて練習の跡だった。どうやら納得のいく作品は一枚もできなかったようで、その証拠に、秋雄は自分が描いた絵を一枚も飾っていなかった。キャンバスのままで、額に入ったものはない。人に見せたり、自慢をするようなこともなかった。途中でやめてしまったのも、自分はその分野には向かないと判断したからではないか、と紀彦は思う。

紗江子の主な創作対象は短歌だった。同人誌で発表していた。紗江子の作品だけを集めて本にしたものは一冊だけらしい。英美子がよく知っていた。彼女は、紀彦が大学に入学して家を出てからも、結婚するまでずっとこの家にいたので、紀彦よりも十年以上長く両親と一緒に暮らしていたことになる。紗江子は、紀彦には短歌の話をほとんどしなかったし、自分の作品を見せるようなこともなかった。本も見たことはない。どこにあるのかも知らなかった。紗江子の個人誌は、英美子が一冊持っているらしい。

たとえ家族であっても、自分の趣味のものを見せることはしない、という方針は、紀彦にも引き継がれていた。また何故か、智紘もそうだった。それは、お互いに不可侵の領域なのである。

人間というのは、複雑な生きものである、と思うと同時に、むしろそれが自然であって、家族だから夫婦だから、なんでも理解してもらおう、一緒に楽しもうという姿勢こそ、ドラマのように作られた幻想に思えるのである。おそらく、親を早くに亡くし、また若くして独立した家庭を持った秋雄と紗江子は、そういうことを自然に体得したのではないか。紀彦も、大学院を出てすぐに家庭を持ち、独立をした。その独立性が、個人を尊重する価値観を育むように思える。

たとえば、成人したあと、紀彦は両親に金を無心したことは一度もない。困ったことがあれば言いなさい、援助はしますよ、という言葉を紗江子が口にしたことはあった。秋雄はそれさえ一度も言わなかった。もちろん、貸してくれといえば貸してくれただろう。幸い、そういう困った事態には一度もならなかった。

四十くらいになったときに、紗江子からそれを言われたことがあった。貴方は一度も金が欲しいと言わなかった、と。そして、子供のときからそうだった、と母は笑った。

そうだろうか、子供のときには、欲しいものが買いたくてしかたがなかったのだ。でも、たしかに、金が欲しいとは言わなかったかもしれない。あれが欲しい、と具体的に物品名を言ったのだったか……。

紀彦の子供たちも、どういうわけか同じだった。子供のときから、小遣いを欲しいとは言わなかった。二人とも成人して以来、一度も金銭的援助をしていない。困ったら言いなさい、とは言ってあるが、今のところ困っていないようだ。

とにかくそうして、親に心配をかけることを避けようと努めてきた、といって良いだろう。その努力の貯金が、相続した遺産かもしれないが、それは大きなトラブルがなかった幸運がもたらしたものだろう。ある種、これが保険だったかもしれない。一度も保険を下ろさなかったので、蓄積した配当金が最後に支払われたのだ。

秋雄と紗江子が生きたのは、最初こそ混乱の時代だったけれど、その後は社会が安定し、経済が発展する成長期だったから、掛け金は何倍にもなって戻ってきた。紀彦が手にすることができた遺産は、両親の努力に加えて、社会からの恵みであり、つまりは社会保険のような福祉の一部と考えることもできる。両親もそうだったように、紀彦も智紘も浪費をしない生活をしている。これからもこのままだろう。すべては、不幸がなければの話である。大きな災害、そして戦争といった国の病、あるいは家族の誰かの大病などがなかったことが、つまり運であり、紛れもない幸運だったのだ。

4

紀彦は、相田家の古い建物を取り壊す段取りを進めた。

そろそろ築五十年になろうとしている部分もある。増築を繰り返しているので、新しい部屋はまだ畳も滑らかで、襖《ふすま》も真っ白だったけれど、すべてを、どうしてもリセットしたかった。

普通の感情とは逆かもしれないが、これを取り壊すことが、両親の供養のように紀彦には思えたのだ。

両親ともに、四十九日もしなかったし、墓を作らなかった。遺骨は海に撒《ま》いた。そういった儀式よりも、この家を消し去ることの方が、親のためになるように感じた。それはつまり、本来は両親がするべき始末だったのだ。死の間際でそんなことはできない。だから、遺族がその遺志を尊重して、最後の後始末をしなければならない、と紀彦は考えた。それは勝手な理屈かもしれないけれど、世間の常識よりは優先すべき、自分の筋であることはまちがいなかった。

もしかしたら、この点では両親の意見は分かれたかもしれない。紗江子は、この家に残したかったものがあって、ここに住んで欲しいとさえ考えたかもしれなかった。あるいは、ここの荷物をどこかへ収納し直して、新しい立派な倉庫で、彼女の膨大な遺品が保管されることを望んだだろうか。何年もして、それらは博物館になり、昔こんなにものを大事にする女性がいたのですよ、という展覧会をしてもらいたかったかもしれない。そんな幻想でもなければ、ここまでの緻密な整理はできるものではない。常人であれば、できないだろう。

一方で、秋雄はなにもかも無にしたかったのにちがいない。彼の人生の前半は、自分の周りにいろいろなものを構築する時代だった。特に、その大半は物体ではなく理論だっただろう。そして、人生の後半では、その理論を否定し、物体を捨て、どんどん最初の無へと戻っていったのだ。余りにも潔い生き様だったように思えてしかたがない。なにか手本があったのか、それとも理屈から導いた理想があったのではないか、と紀彦は想像する。

最後まで生きていたのは秋雄の方だったから、おそらくは、この家を取り壊し、自分の妻のものを全部捨て去り、真っ白な綺麗な状態にして、この世を立ち去りたかったのではないだろうか。生憎、それだけの体力がなかった。妻の分をもう少し生きていたいと言い、この家を一旦は離れた。そうすることで、この家を取り壊す決断ができるだろう、と考えたのにちがいない。紀彦にはそれがわかった。気づいたあと、しだいに確信になっていた。

そういえば、秋雄は冗談のように、この家をゴミにしたら、四トントラック何杯分くらいだろうか、というようなことを話していたことがある。あれはいつだったか。まだ、紗江子が生きているときだっただろうか。

家を解体してもらうために、三つの業者に見積もりをしてもらった。一番安かったところでも、三百万円ほどの費用を算出した。とにかくものが多い。ピアノのような重量物もある。建物も木造と鉄骨の混合で複雑だった。バス通りに面していて、前面にスペースがない、といったことも工事を難しくする要因だったようだ。それでも、三百万円でこれを消してしまえるのならばお願いしよう、と紀彦はほっとした。

もう三年もかかって、紀彦と智紘の二人は、その家に出入りをし、家探しをしてきた。必要なものは搬出し、明らかに不用なものはそのつどゴミに出した。なんとか自分たちの力で、この魔物のような家を、自分たちの持ちものとして手懐《てなず》けようとしてきたのだ。しかし、結局、これは彼らの持ちものではなかった。そうはなりえない。それがわかったのである。

解体が決まってから、土日の二日間、友人たちが十人ほど、最後の大捜索のために集まってくれた。もうなにを壊してもらっても良い、個人的に欲しいものがあったら、なんでも持っていってくれ、ただ、大事そうなものが出てきたら、いちおう紀彦と智紘に見せてほしい、というような条件を提示した。もちろん、友人たちは、我欲のために来たのではなく、異国へ引っ越してしまう紀彦たちに対し、最後の手伝いをしよう、というボランティア精神で結集したのだった。当然ながら、紀彦の方から依頼したのではない。話を聞いていた親しい友人の一人が企画をし、やらせてくれないか、と言ってきたのである。

恥ずかしいものが出てきたらどうしようか、と多少の不安はあったけれど、幸いそういったものはなかった。この二日間でも二万円くらいの現金が発見されたし、貴重な書物や、さらなる骨董品の数々が発掘された。紀彦は、見つけてくれた友人たちに譲ろうとしたが、全員が辞退した。その日に打ち上げをするために、埋蔵金は消費された。

雛人形のセットも箱にきちんと収まったまま出てきた。これは、英美子が子供のときに買ってもらったものだ。何度か飾ったことがあったが、いつの頃からかそのレトロな儀式は省略されたようだ。英美子はこのほかに、直径が二十センチもある反射型天体望遠鏡も買ってもらっていた。雛人形と望遠鏡は持っていったらどうか、と英美子に話したのだが、こんな大きなものを家に入れるスペースがない、と首を振った。古道具屋に売れば、幾らかになるだろうけれど、そこまで運んだりする時間と手間の方がもったいない、と紀彦は思ったので、いずれも、そのままた押入に戻しておいた。

解体業者は、物品をいちいち取り出して、吟味をするわけではない。そんな時間は、出てきたものの価値に見合わないだろう。建物と一緒に重機で取り壊し、建築廃材として、すべてがゴミになるのである。それが一番安く済む方法だ、と業者は話していた。もしそれが自分でできるなら、紀彦もそうしていただろう。

もちろん、なにかの弾みで価値のあるものが無傷で発見されたときには報告いたします、と業者は言ったが、それはまったく期待していません、と紀彦は返答しておいた。本心である。

紀彦の息子は、会社を一年休んで相田の家に住み込み、ここから出土したものをネットオークションにどんどん出していけば、かなりの金額になるのではないか、と話していた。智紘が、やってみたら、と促したのだが、息子は、会社が休めないし、どう頑張っても、会社の一年間の給料分にはならないでしょう、と笑った。まったく、そのとおりの期待値と見積もって正解だろう。解体業者にしても、いちいち金目のものを探したところで、見つかるものは、その作業に必要な人件費に見合わないことを知っているのである。今までかなりのものが既に見つかっているのだ。いくらなんでも、もうないだろう。

解体工事には一週間かかった。紀彦も智紘も引越のための準備があるので、ずっとつき合ってはいられない。しかし、毎日夕方に車で様子を見にいった。

テントが張られて、まずは前面の事務所の部分を小さな重機を使って解体した。翌日にはそのスペースにもっと大きな重機が入っていた。パワーショベルのようなキャタピラのある重機で、腕の先にはショベルの代わりに、ものを掴むハサミのような器具がついていた。大きなトラックが出入りし、壊した瓦礫《がれき》をどんどん搬出していった。

こうして、建物は五日後には姿を消し、その二日後には、土地はまっさらな空き地になった。基礎部分も掘り返して撤去され、土を均《なら》し終えたので、何一つ建物があった痕跡は残っていなかった。

この土地は、売りに出すことにして、不動産業者に登録をしてもらった。まずは六千五百万円で出してみましょうか、と言われたので、そうしてもらった。土地の名義は、紀彦と英美子のものになっているので、売れればその金額を山分けすることになる。バス停からは十メートル、商業地区だからたぶんすぐに買い手がつきますよ、と業者は話した。もし売れなくても、駐車場にすればコンスタントに収入が得られる、という提案もあった。二軒先には十五階建てのマンションが完成したばかり。そんなビルがいつの間にか近所に沢山建っていた。駐車場はこの近辺では不足しているそうだ。そういったことも含めて、すべての管理を不動産屋に任せることにした。

その土地へ紀彦が引っ越してきたときには、両隣も裏も家はなかった。裏のこの辺りに沼があって、そこでよく蛙《かえる》を摑まえたよ、という話を智紘にした。今は、すべて建物で取り囲まれ、逆に地面の土が露出しているのは、整地したばかりの相田家の九十坪だけだった。

片側二車線のバス通りは、中央分離帯に柵が設けられて、簡単に横断することができなくなった。近くの交差点に信号があり、さらに歩道橋もある。道の反対側にも十階以上のマンションが建ち並び、空が見える範囲は昔に比べると狭くなっていた。そのマンションの向こうには崖があって、そこを上ってよく遊んだのだが、今はまったく見えない。

ここへ来たときは、まだ道を走る自動車は疎《まば》らだった。もちろん信号も歩道橋もなかった。今は学区がこの道で分かれてしまったけれど、その当時は、小学校へ行くためには、道を横断しなければならなかった。

紀彦が道を渡ることを、秋雄も紗江子もの凄く心配した。一人で渡ってはいけない。必ず、お母さんに見てもらいなさい、と最初は言われた。学校から帰ってくる時刻には、家の表に母が待っていたのである。そのうちに、右にも左にも一台も車が見えなくなったら渡っても良い、というような方法を教えられた。交通事故にだけは気をつけるようにもなった。両親にしてみれば、絶対に二人めを失いたくなかったのだろう。

夕方にその土地に立っただけで、子供のときのことがつぎつぎに思い出された。それはやはり、土の地面を見たせいだろう。最初は建物は小さく、家の横には草の生えた空き地が広がっていたのだ。今マンションが立っている場所は、市バスの駐車場だったっけ。そこも紀彦の遊び場だった。近所の家の壁にボールをぶつけて、一人で遊んでいた。よくその家から文句が来なかったものだ。そんな、大らかな時代だった。

この家を初めて見たのは、引っ越してきたその日だった。両親は、紀彦に家を建てている話をまったくしなかった。ちょうど、親戚の者が数名手伝いに来ていた。紀彦が叔母に、ここは誰の家なの、と尋ねたら、周りのみんなが笑った。それをよく覚えている。自分の家だと聞かされたあとも、ふうん、としか思わなかった。それよりも、父がこの家を造るために描いた図面を見たかった。どんな展開図なのだろう、と想像した。

小学三年生のときだったか、デパートで買ってもらったモルモットを、家で二匹飼っていた。

近所の農家へ行き、藁《わら》をもらってきて、箱に藁を敷いて飼っていた。まだ、近所に農家があったのだ。紀彦は、そのモルモットを庭で走らせてやろうと思った。いつも狭い箱の中にいるから、ときには思いっきり走りたいだろう、と考えたからだ。ところがモルモットは狭い場所に逃げ込んでしまい、いくら呼んでも出てこなくなってしまった。それっきりだった。

庭で飼っていた雑種のペッコが、子犬を四匹も産んだ。ペッコは、もともと野良犬だったが、紗江子が飼い慣らしたものだった。お父さん犬がいないのにペッコはどうして子供を産んだのか、と紀彦は母に尋ねたのだが、教えてもらえなかった。

生まれた子犬のうち雄の一匹が、紀彦のお気に入りだった。その子は、くたんとして元気がなく、あまり動かなかった。でも、そこが可愛かったのである。ところが、台風の接近で大雨が降った日に、学校から戻ってみると、子犬が一匹だけしかいない。ペッコもいなくなっていた。母にきくと、通りを下ったところの川で、ペッコと子犬が流されていくところを近所の人が見たという。雄の子犬が一匹だけ残っていたので、ポッコと名づけて飼うことになった。ポッコはずっと庭にいて、紗江子の大事な小屋の前で番をしていた。

ペッコと三匹の子犬が流されたことを、紀彦はずっと覚えていた。それだけ衝撃が強かったのだろう。自分がそれを聞いて泣いたという覚えはない。ただ、どうして雨の中をペッコは子犬を連れて出ていったのか、何故つながれていた紐が切れたのか、ということが不思議だった。

これは、つい最近になって、つまり紗江子も秋雄もいなくなったあと、英美子から真実を聞かされた。相田家の捜索を一緒にしていたら、ポッコが子犬のときの写真が一枚だけ出てきたので、そういえば、このまえにペッコっていう白い犬がいたんだよね、と話すと、英美子は、ああ、保健所へ連れていかれた子でしょう、と言ったのだ。え、お兄さん、知らなかったの、と彼女は目を丸くした。ことの真実は、雄のポッコだけを残して、ペッコと他の子犬は処分されたのである。紀彦が可愛がっていた、くたんとした雄も捨てられた。元気がなさそうだったので、大人の目で見れば当然の判断だろう。しかし、紀彦が可愛がっていることを紗江子は知っていた。だから、川に流されたという嘘を語ったのである。

たしかに、そう言われてみれば、おかしな話で、真実を聞かされれば、嘘を信じた方が不思議なほどである。紀彦は思わず笑ってしまった。親の言うことを素直に聞いていた自分が、なんとも微笑ましい。

それにしても、英美子はどうして知っていたのだろう、ペッコがいなくなったとき、まだ英美子は幼稚園児だったはず。まさか、そんな子供に真実を話すわけがない。いつ聞いたの、と尋ねると、癌の手術でお母さんが入院しているとき、と言う。女同士では、現実的な会話が交わされていたようだ。

母は英美子に、兄は夢見がちな性格で、いつも一人遊びをしていた、商売には向かないから、研究者になって良かった、よく結婚ができたものだ、などと語っていたらしい。夢見がちとは、言われたものである。紀彦は、紗江子こそ夢見がちだったと思うのである。

ああ、そういえば、と紀彦は思い出した。大事にしていた熊の縫いぐるみを、紗江子は燃やしてしまったことがある。紀彦が、どこにあるの、と尋ねると、ガラスの目玉だけを手渡された。

もう古くて汚くなっていたから燃やしました、と紗江子は言った。あのときは、もの凄く怒ったと思う。そんなことを母がするとは信じられなかった。どれほど大事にしていたか、知っていたはずなのに。

けれども、今になってみれば、小学生にもなって、熊の縫いぐるみを大事にしている紀彦の姿が、紗江子には心配だったのかもしれない。憎まれることを覚悟のうえで燃やしたのだろう。そうやって、乗り越えていかなくてはいけないものがある、と教えたかったのにちがいない。今、子供の人形を燃やせる親がいるだろうか。それ一つを取っても、紗江子の母親としての揺るぎなさが測れるだろう。

5

紀彦と智紘は新しい家に引っ越した。空以外は、風景も違い、人も違い、草木も違う別天地だった。

最初は自分たちの荷物がまだ届かないこともあって、ホテルに泊まっているような感覚に囚われた。季節は春で、庭の緑が日に日に鮮やかになっていった。そして、細かい花がぱっとまき散らしたように咲く頃には、段ボール箱の荷物が届き、それらを片づけているうちに、ようやくここは自分たちの家だな、と思えるようになってきた。

もともと近所づき合いもあまりしない二人だったから、日本でなくても、生活にほとんど変わりはなかった。買いものにいくと、レジの人が外国人だというだけである。日本でも、そういう人がバイトをしていれば、つまり同じだ。レジの人と難しい会話をするわけではないから変わりはない。

インターネットで見られるものも同じである。日本からものを取り寄せることも容易だし、また近くで買いものをするときにも、あらかじめウェブで調べていけるから、大きな間違いや失敗もなかった。国際免許を取得しておいたので、すぐに中古車を購入した。ミニクーパだ。その車は、日本にいるときに智紘が運転していた車種だったので、彼女も大賛成だった。

日本人夫婦が近くに住んでいて、すぐに知り合いになった。最初は、夫人と智紘がスーパで話をしたのが縁だった。ランチに呼ばれたので、二人で訪問すると、毛の長い大きな犬が三匹もいた。もう少し生活に慣れたら犬を飼おう、という話をしながら紀彦と智紘は帰ってきた。

その帰り道のこと。ミニクーパで海岸沿いの道路を走っていた。海岸沿いといっても、海面はずっと下で、高台の上に道が通っていた。下の海岸は見えない。見えるのは、遠くの海だけ。そちらは大陸の方向で、夕日が眩しかった。

低いエンジン音が聞こえてきた。どどど、という響きが近づく。大型のバイクだろうか、とバックミラーを見たけれど、後ろには車は一台もいない。しかし、音はとても大きくなった。

すると、車のすぐ横を追い抜いていくものがあった。思わず、ブレーキを踏んで、紀彦は車を停めた。

　スピットファイアだ。

　そう、まちがいなくスピットファイアだった。第二次世界大戦のときに活躍した大英帝国の主力戦闘機である。深緑と黄緑に塗り分けられた迷彩《めいさい》模様に、赤と紺色の円形のマーク。コクピットの中にいる男がこちらを見ていた。

　そこまで見えたのだから、飛行機にしてはゆっくり飛んでいたのである。すぐ横を通ったといっても、道路からは二十メートルほど離れていて、絶壁の外側である。車を路肩に駐めて、そちらへ見にいくと、海岸ははるか下方だった。ずっと離れたところに、滑走路らしき真っ直ぐの土地も見えた。さらに、上空には、何機も戦闘機が浮かんでいて、それらのエンジン音がハミングするように聞こえた。全部スピットファイアかどうかはわからない。空中戦をしているのではなく、のんびり遊覧飛行をしている感じだった。

　さきほど紀彦たちの横を飛んだ一機は、海上で旋回し、もっと低くなって戻ってきた。紀彦たちが眺めている場所よりも低い高度で前を通過し、滑走路へゆっくりと滑り込んでいった。やがて、ブレーキがきゅっと鳴る音が聞こえてきた。

　あそこへ見にいこう、と紀彦は提案した。どこからそこへ下りていけるのかわからないが、少し手前に分かれ道があった。きっとあそこだろう。車に戻ったとき、智紘は、乗せてくれって頼まないでよ、と言った。意味がわからなかったが、ああ、そうか、飛行機に乗せてもらうことを言っているのか、と運転をしながらようやく理解できた。

どうして、と尋ねると、智紘は、え、何の話？と首を傾げた。だから、紀彦はそれ以上きかなかった。やっぱり、危ないからだろう。こんな異国で夫が飛行機事故にでも遭《あ》ったら、一人残されてしまう、そう考えたのではないか。

けれども、そんな可能性は、飛行機に乗らなくても、ほとんど同じなのである。人間はいつ死ぬかわからない。いつだって、結局は自分一人になる可能性がある。いや、実は、生まれたときから、母から乳離れしたときから、ずっと自分一人なのだ。

引き返して、分かれ道を曲がった。思ったとおり、海の方へ下っていく。窓を開けて走っていたので、潮《しお》の匂いがし始めた。

飛行場の近くには、格納庫らしい蒲鉾《かまぼこ》形の大きな建物が並んでいて、かなり手前にゲートがあった。なんとかクラブのオープンディという手書きの垂れ幕が下がっている。年輩の女性が立っていたので、中に入っても良いか、飛行機を見たい、と話すと、どうぞどうぞ、あちらへ車を駐めて下さい、と言われた。近くで見ると、七十か、それ以上の老人である。

道を進むと、草むらに沢山車が駐まっていた。さきほどの女性がまた近づいてきて、腕時計を指差しながら、もうそろそろ終わりです、と言った。クレイジィな連中がいるから、気をつけてね、と最後は笑った。その老婆も、子供のような派手な服装で、完全にクレイジィだった。

歩いて、滑走路へ近づいた。スピットファイアが三機並んでいて、大勢の人がその周りで写真を撮っている。飛行服を着ている人も何人かいた。パイロットは例外なく老人である。白髪頭に古い革の飛行帽を被っていたり、ゴーグルをしたままの人もいる。首にはスカーフを巻いていて、それがそれぞれ色が違っていた。

バーベキューで肉を焼いている人たちもいた。笑い声が方々で上がっている。

さきほど着陸した一機が、後ろ向きに自動車に牽引されて、すぐ近くまでやってきた。コクピットが開いていて、白い鬚の老紳士が乗っていた。手袋の両手をフレームに掛け、よっこいしょと立ち上がり、それから後ろ向きで主翼の上に降り立った。動作がゆっくりで、いかにも老人である。あんなお爺さんが運転していたんだね、と智紘は笑いながら言った。かなり大きな声だったけれど、日本語だから周りには通じないだろう。

あとからわかったことだが、個人的な趣味として古い飛行機の動態保存をしている人たちだった。模型ではない、軍が払い下げた実機を買い取り、メーカの倉庫に残っていたパーツや、自分たちで新たに作ったパーツを使ってメンテナンスを行い、修理をしつつ飛行させているという。戦争に勝った国だから、沢山こういうものが残っているのだろう。

つぎつぎにスピットファイアが着陸するところを見てから、二人は帰ることにした。一般向けの遊覧飛行などしていなかったので、智紘のお願いは不要だった。もっとも、十五分三十ポンドでも、紀彦は乗らなかっただろう。あんな古い機体がなにごともなく飛ぶなんて、どうも信じられない。

ところが、このクラブから後日また招待状が届いた。帰るときに名前とアドレスをノートに書き込んできたからだった。そして、二回めのときには、紀彦はコクピットに座らせてもらった。飛んだわけではない、地上にいる飛行機に乗っただけだ。しかし、シートに腰を下ろしたとたん、もう空しか見えなくなった。あの雲の上まで、本当に自分が操縦して飛んでいけそうな気がしたのである。

紀彦は工作でよくグライダを作る。引っ越したあとも、材料が揃えば一機作って、海辺で飛ばそうと考えていた。クラブの人たちには日本人が珍しかったのか、ホンダを知っているかとか、ゼロ・ファイタを知っているか、と話しかけられる。ゼロ戦ならば僕の伯父が乗っていましたよ、カミカゼで戦死しましたけど、と話すと、みんな大いに興奮した様子だった。日本はアメリカと戦っていたんだろう? なんて言われる、ええ、よくは知らないけれど、たぶん、と答えた。こちらでは、ジョークを言わないと紳士だと認められないのである。

秋になった頃には、子犬が一匹加わった。智紘はもの凄く可愛がった。自分の子供たちでさえ、そんなに溺愛はしなかった彼女である。

まだグライダは作れない。紀彦がこちらへ来てから作ったものは、地下室の棚と、庭に置くベンチだけである。

息子が夏休みに一度訪ねてきた。会社を替わりたい、という相談もあった。好きにしなさい、いちいち親にきくようなことでもないでしょう、と軽く答えた。良かった、反対されなくて、と息子は喜んでいるようだった。

そのあと、入れ替わりで今度は娘がやってきた。三週間も滞在していった。彼女は芸大を出て、コンピュータの動画を作る仕事をしている。べつに会社に行かなくても、ネットさえつながっていれば、世界中どこでも仕事はできるらしい。帰らなくて良いのか、ときくと、こちらにいる方が余計なつき合いがなくて仕事が捗《はかど》る、と言っていた。

冬に備えて、暖炉で燃やす薪を一束か二束ずつ買ってきて、地下室に蓄えている。冬はどれくらい寒いのだろう、と智紘と話す。ガスストーブも電気ストーブもあるから、きっと大丈夫だとは思う。なにしろ、みんなここに住んでいるのだ。

子犬はとても人懐っこくて、足許にいつも纏いついてくる。ある日、紀彦は庭で掃除をしていた。落ち葉が地面を覆い始めていたからだ。気がつくと、すぐ横に子犬がいて、舌を出し、耳を下げ、笑っている。本人は笑っているつもりはないかもしれないが、人間には笑っているように見える。

すぐ横に智紘が立っていた。

「同じことやってる」彼女は言った。

「ああ、そうか、そういえば、そうだね」紀彦は笑った。落ち葉拾いのことらしい。

立ち上がると、つい腰の後ろに手が行く。そういう年齢だった。若いときには、秋雄と同じく、ぎっくり腰を経験したこともある。それ以来、重いものを持たないように気をつけている。幸い、このところは痛むことはなかった。

「こんなに遠くまで来ても、結局、同じことをするしかないわけだ、人間って」

「うーん、そうかな。私はだいぶ変わった気がする。気分が全然新しくなったよ」

「いや、同じように落ち葉を拾っていても、気分はいつも新しくなっているんだと思うよ」

「そうかも」

紀彦は家を眺めた。彼らが引っ越してくるまえに、ペンキを塗り替えていたので、古い家なのにおもちゃのように綺麗だった。紀彦は、そういうおもちゃみたいなものが大好きだったから、とても気に入っていた。最初からこんなふうだったら、値切ったりしなかったかもしれない。それくらいグッドワークだと思った。

このおもちゃの家が、今の相田家である。

新しい相田家は、自分たちが死ぬまでは頑張ってくれるだろう。もし自分が死んだら、智紘は日本へ帰るだろうか。きっと帰るだろう。いや、そのまえに、どちらかが病気になって、帰ることになるかもしれない。何があるかわからない。どうせ借家なんだし、いつでもリセットできる。

そうか、自分の躰だって、借家みたいなものだ。最後は返さなくてはならない。

見上げると、秋の空は高く、原色の青一色だった。

死んだ人間の躰は、火で焼かれる。兄は、叔母がつけた火で、天に昇った。秋雄も紗江子も、あの市営の火葬場の巨大な煙突から、空へ上がっていった。空は地球には一つしかなくて、どこの国の上にも同じ空がある。みんな、灰や骨を大事にしているみたいだけれど、ほとんどの物質は煙とともに空へ上がっていったのだ。空気に混ざり、拡散して、世界中を巡っているだろう。

「もう、今日はやめておこう。買いものにいく？」

「ええ、行きたいけれど、午前中に荷物が来ることになっているの。メールで連絡が今朝入っていたから」

「そうか。じゃあ、僕だけで行ってくるよ。買ってくるものをメモにしてくれたら」

「へえ、珍しいこと言う」

「そうかな。だって、毎日スーパに行っていたこともあったよ」

「あ、そうそう、お父さんのときでしょう。なんか、意地になってたでしょう？　頼んできたら、行ってあげても良いなって思ってたんだけれど」

「へえ、意地になっていたのか、僕は」

「でも、頑張ったよね」

「え？」

それは、びっくりする言葉だった。紀彦は、自分が頑張っていたのだろうか、と振り返った。それに、そういうことを智紘から言われることが驚きだった。

そうなんだ、頑張ったんだ、自分は。

「お父さんだって、頑張っていたじゃない」智紘は続けた。「どうして、この父子は、誰かに助けを求めないのって感じだったよ」

助けを求める？

助けて欲しかったのだろうか。

それはきっと、智紘が半分正しくて、半分は見当違いだ、と思う。秋雄も紀彦も、けっして意地を張っていたわけでもなく、頑張っていたわけでもなく、ただ自然に、呼吸をしないと死んでしまうから息をするように、あのとき、ああいうふうに行動していたのだと思う。そして、人間というのは、そもそも生まれて物心ついたときから、意地を張って生きているのではないだろうか。動物というのは、そもそもみんな意地を張っている。一人で生きている。助けを求めるようなことはしない。みんな、自分だけで頑張っているのではないか。

ただ、それでも、

誰かから、頑張っているね、と言われると、

何故か、少し照れくさくて、少し嬉しい。

それは、紗江子が秋雄に言ったありがとうと同じだ。

叔母さんだって、松明の火をつけた自分に、頑張ったねと誰かに言ってほしかっただろう。かけおちをしてすぐに赤ん坊を死なせてしまった夫婦は、本当に頑張った。だけど、頑張ったね、と誰も言ってくれなかったのではないか。それだから、お互いに本当は、言いたかったのだと思う。さきにそれを言ったのは、さきに死んだ母の方だった。父は、それを天国で伝えただろうか。

紀彦は、自分が母に言ったありがとうが、そのまま父に伝わったことを、後ろめたく感じていた。けれども、そうではない。きっと、母は初めから、最後の日には言うつもりだったのだ。

「ありがとう」紀彦は呟いた。

「え、何？」子犬を抱きかかえながら、智紘が振り返った。

「いや、なんでもない」

もう少しあとにしよう、と紀彦は思う。

＊本書は書き下ろしです。原稿枚数４１４枚（４００字詰め）。

森博嗣　もり・ひろし
一九五七年、愛知県生まれ。作家、工学博士。国立N大学工学部建築学科で研究する傍ら執筆した小説『すべてがFになる』で一九九六年、第一回メフィスト賞を受賞し、作家デビューする。以後、次々にベストセラーを発表、不動の地位を築く。

相田家のグッドバイ

Running in the Blood

二〇一二年二月二五日　第一刷発行

著者　森　博嗣

発行者　見城　徹

発行所　株式会社　幻冬舎
〒一五一－〇五一　東京都渋谷区千駄ヶ谷四－九－七
電話〇三－五四一一－六二一一（編集）
〇三－五四一一－六二二二（営業）
振替〇〇一二〇－八－七六七六四三

印刷・製本所　中央精版印刷株式会社

Printed in Japan　ISBN978-4-344-02135-8 C0093

幻冬舎ホームページアドレス http://www.gentosha.co.jp/
この本に関するご意見・ご感想をメールでお寄せいただく場合は、
comment@gentosha.co.jp まで。